太陽の破片

原田クンユウ

南々社

もくじ

ヒロシマの永く暑いその日の物語を、纏《まつ》わるすべての人に捧ぐ――

「ばあちゃん、早《はよ》うせんにゃあ遅れるよ」

健一はジーパンにTシャツといった、

おおよそ慰霊式に出かけるとは思えないラフな格好で、

お気に入りの空色のスニーカーを履きながら祖母の君子に声をかける。

夏休みにもかかわらず早朝五時起きは、

正直、

大学生の健一にとって苦痛以外の何ものでもない。

母の洋子は一人だけとっくに、

予約しておいたタクシーに乗りこんで二人を待っている。

「はいはい、ちょっと待ってよ。おじいちゃんに朝の挨拶しよるんじゃけえ」
君子はおっとりと、
仏壇に手を合わせていた。

今年もその日は朝からよく晴れわたり、
庭のクスノキのアブラゼミのジージーという鳴き声が、
いっそう暑さに拍車をかけている。
夏の風は朝一番といえど、
すでに瀬戸内特有の蒸し暑さをまとっていた。

「第一章」

祈りの畔《ほとり》

尾崎家では毎年八月六日、広島平和記念公園で行われる平和記念式典に家族で参列してきた。健一が小さい頃からの、いや、それよりずっと前からの尾崎家の習わしなのだ。

「タクシー来とるんじゃけえ、早うしんさいや!」

業《ごう》を煮やした洋子がタクシーの窓を開けて、二人をせかす。

「今、行くわいね」

君子はやれやれといった表情で手にしている数珠《じゅず》と線香を確認し、少しだけ急ぐふりをして玄関へ向かって歩いていく。君子は真夏にもかかわらず薄手の長袖ブラウスを着ていた。左手の肩から手首まで、ひどいやけどの跡があるからだ。お気に入りの藍色の日傘を手に取り、少し手間取りながら玄関の鍵をかける。

君子が乗り込むのを確認すると、洋子は運転手に行き先を告げた。

「あんた、勝手口の鍵かけたんね?」

君子がハンカチで額を押さえながら洋子に尋ねる。

「ちゃんとかけたわいね。お母ちゃんじゃあるまいし」

「うちもちゃんとしとるわ」

君子はいつものおとぼけた涼しい顔だ。

「この前も鍵もかけんと、電気も付けっぱなしで買い物に行っとったじゃないね」

「ちょっと買い物に行くだけじゃけえ、かまやあせんよ」

「何、言いよるん。今頃はぶっそうなんじゃけえね」

洋子が視線を窓の外に向けながらブツブツと言う。健一はいつものことと無視して、お気に入りの米津玄師を聴こうとスマホをいじり始める。

「健ちゃんはいつも何か聴きよるねえ」

君子は洋子との話をそらして、助手席の健一を覗き込む。

「ほんまに、式のときは電源切っときんさいよ！」

洋子もつられて身を乗り出した。

「わかっとるよ！」

健一は不機嫌そうにボリュームを上げる。

「あんたも医学生なんじゃけえ」

息子が広島大学医学部に通う学生であることが何より自慢な洋子は、健一に対してというより、運転席に聞こえるようにわざと大きな声で言う。

「ありゃま、お兄ちゃんはお医者さんになるんね？」

運転手が感心したように、助手席の健一を一瞥する。

「そうなんですよ〜」

洋子はわが意を得たりと、うれしそうに笑っている。

「えらいんじゃねえ」

「いえいえ、そんなことないんですよ〜」

洋子は自分のことのように自慢げに小鼻を少し膨らませている。洋子の相変わらずな運転手との気分の悪いやり取りをイヤホン越しに聞いていた健一は、音楽で聞こえていないふりをして窓の外に目を向けていた。


南区の自宅から大州通りを通って広島駅方向に向かっていく。途中の荒神町《こうじんまち》辺りは、昭和四十年代の古い町並みが残っていて下町の風情がまだ漂っているが、広島駅に近づくにつれて最近の再開発で五十階を超える高層ビルや新しいホテルが立ち並び、数年前まで残っていた戦後を感じさせる市場や住居などの街並みの面影はもう見られない。

この日の広島市内は、参列者と思われる多くの高齢者や観光客で賑わっていた。ここ数年、広島はインバウンド効果で外国人や、特に欧米からの観光客が増えている。市内を走るチンチン電車も多くの人で混雑しているようだ。昭和の時代には右翼の街宣車と左翼のデモがぶつかり、街は騒然としたものだったが、ここ数年はそういった光景はほとんど見られなくなっている。それでも、駐広島大韓民国総領事館の前は警官の数がいつもより多いように見える。

タクシーは駅前大通りから国道二号線方向に大きく左に曲がる。平和記念公園周辺は交通規制が敷かれているため、平和大橋手前でタクシーは停車した。

「暑いねえ。溶けそうじゃわ」

車から降りた君子はすぐに日傘を差し、扇子をハンドバッグから取り出す。

「ほんまじゃねえ、まだ七時前なのにねえ」

洋子もハンドタオルで首筋の汗をぬぐう。

広島のこの日はなぜかよく晴れる。あの日も、やはり暑かったのだろうか。

公園へ通じる平和大橋を渡っただけで汗が湧き出てくる。橋の下の元安川がいつものように静かに流れている。川辺には洒落《しゃれ》たカフェが並んでおり、原爆ドーム近くの桟橋からは、二つの世界遺産をつなぐ宮島行きの高速船が乗客を待ちわびるように停泊している。川からの涼やかな風が、一瞬の爽快感を誘っていた。

平和大橋を渡りきると、式典会場の平和記念公園の全貌が右手に広がる。正面から向かって左手に広島国際会議場、右手に広島平和記念資料館、いわゆる原爆資料館が威風堂々と並び、そこから北東に向かって公園一帯が広がっていた。

中央正面にある御影石《みかげいし》作りのアーチ型の原爆死没者慰霊碑越しに、ちょうど原爆ドームが抜けて見える。世界的建築家である丹下健三の秀逸な庭園デザインによるものだ。慰霊碑に向かう石道の両側に広がる芝生の広場はいつもは立ち入り禁止だが、この日は式典のための椅子が並べられ、一般席はすでに多くの参列者で埋まっており、残りの席は少なくなっていた。

「健一、早う席取ってや」

洋子が足早に進みながら空席を探している。式典は八時開始の予定だが、毎年、七時前には一般席は満席近くになる。健一は、なんとか三人分の席を確保した。以前はテントもなく炎天下での参列だったが、参列者の多くが高齢になったこともあり、ここ数年は立派なテントが設置されている。それでもやはり、この日はいつも暑い。

健一は子どもの頃は毎年、三年前に亡くなった祖父と君子に連れられて式典に参加していた。しかし中学に進んだ頃からなんとなく気恥ずかしくなり、億劫《おっくう》さを感じて祖父母に同行することはなくなった。

祖父が他界した後、君子が少し気弱になったこともあり、それからは洋子と一緒に三人で参列するのが尾崎家の慣例となっていた。ちょうど、健一が広島大学医学部に入学した年だ。健一にとっては、特に深い思いがあるわけでもなく、年一回の祖母孝行と思って毎年付き合っている。

「お母ちゃん、熱中症になるけん、お茶飲みんさい」

洋子が持ってきた小さな水筒から冷たいお茶を注ぐ。

「ありがと」

君子はよく冷えた麦茶を口にした。

「ああ、おいしいねえ」

本当においしそうに麦茶を飲み干す。

「こうやって水が飲めるのは幸せなことじゃ……」

君子が何かを自分に言い聞かせるように呟《つぶや》く。健一は正直、その言葉の真意を測りかねていた。


今年は内閣総理大臣に加え、国連事務総長、そして核保有国の駐日大使たちも参加しており、例年より幾分、参列者が多いようだ。原爆死没者名簿奉納、広島市議会議長の式辞に続き、多くの献花が粛々と進められる。

総理大臣の話も、広島県知事や広島市長のそれも、誰が作成したのかわからないが一様に判でついたようなものであり、健一の心に到底響くものではない。核の傘の下にありながら反核を声高に叫ぶその内容には、どうしても理解しがたい矛盾を感じるのだ。まあ、そうとしか言いようがないのだと諦めてはいるのだが。首長たちがどこまで本気なのかが、まったくわからない。

平和団体といわれる集団がノーベル平和賞を受賞しようとも、国連で核兵器禁止条約が採択されようとも、核保有国がそれを拒絶する限り、大した意味はない。それらのニュースをあたかも核廃絶への大きな成果のように報道しているマスコミも、それが空虚な理想論であることは重々承知しているに違いないのだ。健一は、そう思っている。

ヒロシマは、今年もその時を迎えた。街には平和の鐘とサイレンが鳴り響き、そして、祈りの時は静かに流れた。

健一はそっと、祖母の顔を見た。毎年、君子は涙を流していた。何も言わずに、涙を流す。そして、いつまでも祈るのだった。その涙の意味を、祈りの深さを、健一は知る由もない。参列した人々が、ヒロシマの街が、深く祈りを捧げる。その祈りだけは真実であることを、健一は本能的に感じていたのだった。

「ああ暑かったねえ。その辺で何か冷たいもんでも飲もうや～」

式典は小一時間で恙《つつが》なく終わり、洋子はそそくさと席を立っていく。すでに多くの参列者が出口へと足早に向かっている。真夏の日差しが高齢の参列者や観光客たちを容赦なく照り付け、年々、体に堪《こた》える厳しい暑さになっている。

「あたしゃあ、ちょっと、もう一か所お参りせんにゃあいけんけん」

最近痛み始めた右膝をかばいながら、君子がゆっくりと立ち上がった。

「ああ、そうじゃったね。忘れとった」

洋子が何かを思い出したように穏やかな顔で君子を見つめる。君子も静かに微笑んでいる。

「膝、痛いん？」

君子を支えながら健一が声をかける。

「まあ、少し痛むけど大丈夫じゃよ。健ちゃんが買うてくれたサポーターのおかげで、だいぶええんよ」

君子はどんなときも弱音を吐かない。それがつらい時代を生き抜いてきた世代の誇りであることを、健一の世代は知らない。

「転げんさんなよ。骨折でもしたら大変じゃけえね」

「ほんまにね。寝たきりにでもなったらおおごとじゃけえね」

洋子が心配そうに君子に言う。寝たきりになる原因の中で、高齢者の骨折が最も頻度の高い一つであることを、健一はリハビリテーション科の講義で聞いたような気がした。

「大丈夫、まだ八十八じゃけ！」

君子は自信満々といった笑顔でケラケラと笑った。

元安橋《もとやすばし》は参列後の人々でごった返している。

橋を渡った角の花屋で、君子はお供え用の小菊を買った。そして、その花を大事そうに抱え、数段の階段をゆっくりと川辺まで降りる。

広島は川の街である。市内には六本の川が流れ、リバーサイドは市民の憩いの場にもなっている。川沿いの数段の階段を降りると、雁木《がんぎ》と呼ばれる舗道が整備されている。雁木はかつて、庶民の大切な船上交通の船着き場として使われていたが、今では、市民の憩いの場として散歩道への入り口になっている。

君子は毎年、この元安橋のたもとの雁木を下り、少し進んだところにある小さな祠《ほこら》に小菊を供える。そして静かに手を合わせ、いつまでも長く祈るのだった。健一には、その横顔は泣いているように見えた。

けたたましかったアブラゼミがちょうど鳴きやんだ頃、ようやく君子は顔を上げた。

「さあ、冷たいもん飲みに行こう。あたしゃあ、トイレも行きたいけえ」

君子がいつものくしゃくしゃの笑顔に戻っていた。

「もう、罰が当たるよ」

そうは言いながら、洋子もこれ以上、屋外にいるのは耐えられないといった顔をしている。

八月の強い日差しが照り付ける川辺から、ゆっくりと本通りの方へ歩き出していった。

君子のお気に入りの甘味処・はち乃木は、式典帰りの人たちで賑わっている。客の多くは君子と近い年齢のお年寄りで、みなが思い思いに話をしているようだ。

「あたしはいつものぜんざい。トイレ行ってくるけえ、頼んどってね」

君子がトイレへいそいそと歩いていく。

「あんたは？」

「俺は、氷ぜんざい」

「うちは、そうねえ、あん蜜にするわ」

店内は冷房が適度に効いており、出された麦茶を飲んで一息つくと、ようやく汗も引いてきた。

「ねえ、ばあちゃんはなんで毎年、あの橋のたもとでお参りするんかね」

「さあ、なんでじゃろうね。うちが聞いても教えてくれんのんよ」

洋子はさほど興味がなさそうに、メニューを楽しそうに見ている。

「ふうん」

健一は子どもの頃から気になっていたのだが、おばあちゃんに直接聞くことは何だか憚《はばか》られる気がして、これまで一度も触れたことはなかった。

「はあ、すっきりした！」

「もう、お母ちゃんたら！」

洋子が笑いながら睨《にら》む。

「うちゃあ、式典のとき、ずっと我慢しとったんよ。市長の話が長いんじゃけえ」

「そりゃあ、しょうがないじゃろ、平和宣言なんじゃけえ」

「どうか知らんが、あがあな若い市長に、ほんまに原爆のことがわかるんじゃろうか」

君子は毎年、いや、年を重ねるごとにそう口にすることが多くなってきた。

「原爆のことを知っとる人間がだんだん少なくなるのは、悲しいことじゃ……」

確かに、被爆者の平均年齢も八十歳を超え、おそらくもう二十年もすれば、生きた被爆者は居なくなるのである。それは、厳然たる事実だった。もちろん、次の被爆者が新たに生まれなければ……と仮定した上でのことではあるのだが。次の被爆者が生まれないことが人類の悲願であることは、言うまでもない。

「ねえ、ばあちゃん。なんで、あの橋のたもとで毎年お祈りするん？」

健一はついに、思い切って聞いてみた。

「さあ、どうしてかのう」

君子はとぼけた顔をしてはぐらかす。それでも、その目はどこか遠くを悲し気に眺めているようだった。

「健ちゃんがちゃんと国家試験に合格して、一人前のお医者さんになったら教えたる」

「何、それ」

急に現実に引き戻されたような気がして、健一はそれ以上は尋ねない。

「健ちゃん、あんた氷食べんのなら、うちにちいとちょうだいや」

あん蜜をとっくに食べ終わっていた洋子が、溶けかかった健一の氷ぜんざいに手を伸ばした。

所属する弓道部の合宿と、その後に徳島で開催された西日本医学生体育大会を自己最高の成績で無事に終えた健一は、残りの夏休みをだらだらと過ごしていた。

「あんたあ、いつまで夏休みね？」

「九月半ばだったかなあ」

「まだ一か月もあるん？　ええねえ。うちらは休みなんか全然ありゃあせん」

洋子がいつものようにブツブツ言っている。健一もいつものように無視して冷蔵庫のアイスコーヒーをグラスに注ぎ、二階の自分の部屋へ階段を上がっていく。

「あんた、ばあちゃんにも入れてあげんさいや」

「ええ？　母さんが持って行きんさいや」

「うちは晩ご飯の用意しよるんじゃけえ」

健一は仕方なく途中で階段を引き返し、ばあちゃんが好きなシロップとミルクを少し多めに入れたアイスコーヒーを作って、自分のグラスと一緒に君子の部屋へ持って行った。

「ばあちゃん、アイスコーヒー飲む？」

健一がふすま越しに声をかける。

「ばあちゃん？」

呼んでも返事がないことを不審に思い、健一はふすまを開けてみた。

そこには、君子が座椅子から崩れ落ちて横に倒れていた。

「ばあちゃん！」

健一はグラスを乗せたお盆を放り出し、君子のもとへ駆け寄る。

「ばあちゃん！　どしたんね、大丈夫!?」

健一はすぐに君子の脈を取る。やや頻脈気味だったが、不整はなさそうだ。呼吸は浅いものの、かろうじて確認はできる。しかし口唇の色が悪く、チアノーゼの状態のようだ。意識は朦朧《もうろう》としており、医学生の健一にも呼吸不全状態であることがすぐにわかった。体が熱く、熱もありそうだ。

「母さん！　ばあちゃんが大変じゃ！　救急車！　救急車呼んで！」

健一はありったけの声で叫ぶ。

「え？　お母ちゃん？　お母ちゃん、どしたんね!?」

洋子が台所から転げるように部屋に駆け込んできた。

「早う救急車呼びんさい！」

「お母ちゃん！　お母ちゃん！」

洋子は狼狽《ろうばい》して使いものにならない。健一はすぐに自分のスマホから救急車を要請した。君子の気道を確保し、誤嚥《ごえん》を防ぐため、横向きにして少しだけ顎《あご》を上げる。君子は健一の呼びかけにかすかにうなずいた。

10分もしないうちに救急車のサイレン音が遠くから聞こえてくる。健一にとっては、この上なく長い10分間だった気がした。

「母さん、保険証と原爆手帳！」

冷静さを少し取り戻した健一が、洋子に向かって大きな声で伝える。洋子ははじかれたように、仏壇の引き出しから君子の巾着袋を持ってきた。

救急車のけたたましいサイレンの音に、近所の人たちも何事かと表に出てくる。救急車がまもなく玄関の前に止まり、救急隊員たちがあわただしくストレッチャーを降ろした。

「尾崎さんのとこじゃ」

「おばあちゃんに何かあったんかね」

近所の人たちが遠巻きに、心配そうに様子を眺めている。

「こっちです！」

動揺してあたふたしている洋子の代わりに、健一は隊員たちを裏庭から奥の和室に案内した。

「祖母は八十八歳、意識障害と呼吸不全の状態です。高血圧と軽い喘息《ぜんそく》のため、内服加療中です」

健一は自分でも不思議なくらい冷静に、君子の病態を説明していた。救急隊員はそれを聞いてうなずくと、すぐに君子のバイタルサインを確認し、かかりつけの広島市民病院に受け入れ要請の連絡を取ると、幸いにも受け入れ可能であることがわかった。健一は隣に住む玉井さんの奥さんに後のことを頼んで、洋子と一緒に救急車で病院へ向かった。

君子を乗せた救急車が国道二号線をひた走る。夕方の帰宅ラッシュに重なり渋滞が半端なく、健一たちのイライラは募《つの》るがどうしようもない。それでも救急車は車列の間を器用に縫って病院へと向かっていく。

健一が救急車に乗るのは、医学部の学生実習で教養課程のときに乗って以来、二回目だった。救急車は相変わらずよく揺れる。特に、上下の振動が不快なのだ。洋子は君子の手をぎゅっと握り、うつむいたまま一言もしゃべらない。救急車は15分ほどで病院に到着し、君子は病院のストレッチャーに手際よく移され、救急処置室へと搬入された。

「ご家族の方はこちらでお待ちください」

若い看護師が家族用の待合室に案内する。中には、ほかにも二組の家族がそれぞれ不安そうな面持ちで座っていた。二人はそれでも軽く会釈をして、奥の空いた椅子に座った。

洋子はまだ動揺が収まらない硬い表情で、無言のままだ。ずっと下を向いたまま座っている。

健一は外の自動販売機で、冷たい缶コーヒーを二つ買ってきた。

「ありがと……」

洋子はそう言ったものの缶を開けることはなく、じっと握ったままだ。

「大丈夫じゃけえ」

健一は自分の缶コーヒーのプルタブを開けて、洋子に手渡す。

「大丈夫かね……」

洋子はそう言って涙ぐむ。

「大丈夫だよ」

健一は自分自身に言い聞かせるように、もう一度呟いた。

救急外来には多くの患者が来ているようで、救急車も君子の後に二台が来たようだ。健一と洋子が呼ばれたのは、病院に着いておよそ一時間が過ぎた頃だった。

「尾崎さんのご家族の方、こちらへどうぞ」

救急担当の四十歳代くらいの医師が淡々と説明をしてくれる。夏風邪をこじらせていた君子は軽い肺炎にかかっていた。「持病の喘息もあったため、肺炎を起こしたことで一時的に呼吸不全の状態になったようです」と、主治医の先生は電子カルテのレントゲンを見せてくれた。

君子は鼻に酸素チューブを付けられ、少し青白い顔でベッドに横たわっている。洋子と健一が近づくと、うっすらと目を開けて何か話そうとしたが、喉《のど》が渇いているからか声にならないようだ。

君子は、そのまま呼吸器内科へ入院することになった。

「はあ、うちゃあ、寿命が縮まったわいね」

いろいろ入院手続きが終わり、洋子は六階の個室に入ってようやく一息ついていた。

「健ちゃん、あんたが居《お》ってくれて良かったわ。一人だけじゃったら、うちまで倒れとったかもしれん」

医学生である健一の存在が、何より頼もしかったようだ。

「まあ一応、医学部に通っとるんじゃけえ」

健一は少し照れもありながら、また少し誇らしくもあった。担当医師は、健一が医学生であることを聞くと君子の容態のほぼすべてを彼に説明し、洋子は傍らでただ下を向いて、時々小さくうなずいているだけだった。

「ごめんね、びっくりさせてから……」

君子が弱々しい声で謝る。

「もう大丈夫じゃけえ。ゆっくり休みんさい」

健一が布団をきれいにかけ直す。

「ほんまに……もう、たまげたわいね」

洋子は涙が出るほどほっとしたのと同時に、今ではなぜか、腹が立ってきていた。

「風邪ひいてから、早う病院行きんさいってうちが言うとったのに！」

「まあ、ええじゃない。落ち着いたんじゃけえ」

　健一が割って入る。

「一、二週間入院して、それから経過観察じゃと。担当の先生がさっき説明してくれたけえ」

「ほうね……」

　君子は弱々しい声ながら、どこか他人事のようである。

「あんたら、もう帰りんさい」

「もう、自分が落ち着いたら、帰りんさいじゃと！」

　洋子はほとんどあきれている。

　健一は、まだ呼吸が苦しいはずなのに、それでも二人のことを気遣ってくれる君子を愛おしく感じながら、黙ってうなずく。正直、健一も緊張から解放されてほっとしたこともあり、これ以上、君子の顔を見ていると不覚にも涙ぐんでしまいそうで、先に部屋から出ていこうとした。

「ほいじゃあ、また、明日来るけんね」

　洋子は椅子から立ち上がって、部屋を出ていきながら小さく手を振っている。君子は弱々しい眼差しながら、笑みを浮かべて小さくうなずいた。


　二人が病院を出たのは夜八時を過ぎていた。

「あんた、お腹が空いたじゃろ。何か食べて帰ろうや」

「何か作りよったんじゃないん？」

「はあもう、作る気なんかないなったわいね。何か食べて帰ろうや」

自分もお腹が空いているのか、洋子がわれ先に歩き始める。ちょうど病院から出たところにうどんとおにぎりの専門店のちからがあった。広島に戦前からあるチェーン店で、安くて手軽においしいうどんが食べられるお店だ。

「あんたは何にするん？　うちは……天ぷらうどんにするわ」

「俺は肉うどんと、たらことツナマヨのおむすびにしようかな」

「ツナマヨって、ごはんにマヨネーズが入っとるんじゃろ？　気持ち悪い～」

「ええじゃん、うまいんじゃけえ」

洋子にはごはんとマヨネーズの組み合わせはどうしても理解ができないらしい。もちろんお好み焼きにもマヨネーズはかけない。注文すると間もなく、威勢のいい店員さんがうどんを運んできた。出し汁の良い香りが食欲をそそる。健一はほっとしたこともあって、急にお腹が空いてきていた。

夜八時を過ぎた店内にはさすがに人も少なくなっており、健一たちのほかには若いサラリーマンが一人、うどんをすすっているだけだ。健一が食べ終わった頃、洋子が注文した天ぷらうどんを半分くらいしか食べていないことに気づいた。

「どしたん？　食べんの？」

「うん、なんとなくお腹いっぱいで……」

何があっても食べ物を残すことを嫌う洋子にしてはめずらしい。やはり、相当のショックを受けているのだろうと思ったが、健一は気付かないふりをして洋子が残した天ぷらうどんを無理やり詰め込んだのだった。

外は、いつの間にか小雨が降っていた。


一週間ほどすると、君子の容態は徐々に改善していった。さすがに八十八歳という高齢だったため、一時は最悪の事態も覚悟していたが、幸いにも元来の生き運の強さか、抗生剤が奏効したためか、君子は驚くべき回復を見せたのだった。

「ほんまにばあちゃんは、強いよねえ」

洋子はなかばあきれながらも、とてもうれしそうにしている。健一も少し笑いながらうなずく。

二人はお見舞いに出かける前、君子が行きつけの近くの和菓子屋に立ち寄った。

「尾崎さん、おばあちゃんの調子はどう?」

おかみさんが心配そうに声をかける。

「おかげさんで、だいぶ落ち着いたんよ」

「ほうね、そりゃあ良かったね。おばあちゃんが来てくれんと、うちもさみしいけえね」

「ありがとね。ばあちゃん、ここの和菓子が大好きじゃけえ」

「ありがとうございます。早う良うなるように言っといてくださいね」

「こちらこそありがとう、ばあちゃんも喜ぶわ。今日はくずきりを持って行ってあげようかね。ばあちゃん、黒蜜が好きじゃけえ」

ショーケースを覗きながら洋子が注文している。健一は少し退屈そうに、トレイに積んであった月餅饅頭の試食を口にしていた。

「あんた、何食べよるんね」

洋子が恥ずかしそうに健一の袖を引っ張る。

「健ちゃん、それ、おいしいじゃろ。新商品じゃけえ。そうじゃ、おばあちゃんにちょっと持って行ってあげて」

おかみさんが饅頭を三つほど一緒に包んでくれる。

「まあまあ、すいませんね。この前はお見舞いまでいただいたのに」

洋子は恐縮して頭を下げる。

「ありがとうございます」

健一もつられて頭を下げる。君子が地元のみんなに大切にしてもらっていることが、健一は少し誇らしく、そしてうれしくもあった。

二人は君子のことを話しながら病院に着いたのだが、肝心の君子が病室に居ない。何かあったのかと慌てて詰所に向かった。

「ああ、尾崎さんならリハビリじゃ言うて、屋上庭園に行かれましたよ」

看護主任の坂上さんがニコニコしながら教えてくれる。

「ああ、そうですか。良かった、何かあったんかと思うて。ありがとうございます」

二人はエレベーターで屋上に向かった。

「もう！　ちょっと良くなったらすぐこれじゃけえ、困ったばあちゃんじゃ」

洋子が相変わらずブツブツと言っている。九月に入ったとはいえ外はまだ暑さが厳しく、屋上に出ている人はほとんど居ない。

「お母ちゃん、何しよるんね」

花壇の脇のベンチに座っている君子を見つけた洋子が声をかける。

「ありゃ？　洋子、どうしたん？」

「どうしたんじゃないじゃろ。まだこんなに暑いのに屋上なんか来てから」

「ああ、でも、もう九月じゃけえ、ええ風が吹くんよ〜」

君子がいつものやさしい笑顔を見せた。残暑の厳しい夏の午後だったが、赤とんぼが二匹、仲良さそうに飛んでいる。

「ばあちゃん、暑いし熱中症になったらいけんけえ、部屋に帰ろうや。くずきり買《こ》うてきたよ」

健一がそう言うと、

「高木屋のくずきりね？」

君子がうれしそうに微笑む。

「そうよ。あそこのおかみさんが月餅饅頭もくれたよ」

「ありゃあ、そりゃあ申し訳なかったね。高木屋の若奥さん、元気じゃった？」

「人のことを心配しよる場合ね」

「ばあちゃんのこと、心配しよったよ」

「ほうね。高木屋さんとは先代のおかみさんのときからの付き合いじゃけえね」

君子が懐かしそうに言う。

「あの子がお嫁に来てすぐの頃はね、おかみさんによう怒られて、よう泣いてうちへ来よったんよ」

「へえ、そうなん」

健一は当然のことながら、まったく知らないことだった。

「そうそう、前のおかみさんがきつい人でね。うちも覚えとるわ」

洋子も懐かしそうに言う。

「きついことはないんよ。早う仕事を覚えさせようと、おかみさんも一生懸命じゃったんよね」

「えらい肩持つね？」

「そりゃあ、お里ちゃんと私は尋常小学校の同級生じゃったんじゃけえ」

「ええ？　そうなん?、知らんかったわ」

洋子もそこまでの事情は知らなかったようだ。

「ほうね？　うちとお里ちゃんと畳屋のお松ちゃんは美人三人娘で、うちの方じゃあ有名じゃったんじゃけえ」

君子が小鼻を膨らませて話している。

「そりゃ、嘘じゃろ?」

健一が鼻で笑うと、君子は少しむきになって、

「そんなことないわいね。嫁に来てくれいうて、あっちこっちから声がかかりよったんじゃけえ」

「まあ、今日のところは入院中じゃけえ、そういうことにしとこうか。ばあちゃん、暑いけえ部屋に戻ろうや」

健一は強い日差しが少しまぶしそうに、笑顔でベンチから立ち上がる。

「ほんまにこの子は口が減らん。誰に似たんじゃろうか」

君子がそう言うと、

「そりゃあ、ばあちゃんじゃろ！」

と洋子がケラケラと笑った。

高齢もあって主治医が念のため大事を取ってくれ、君子は十日後に無事退院となった。しばらくは自宅でおとなしく静養してくださいと先生は滾々《こんこん》と説教してくれたのだが、はたして君子にどこまで通じているかはわからない。

帰りのタクシーの車窓から、君子は懐かしそうに広島の街並みを眺めていた。そして、少しだけうつむいて、少しだけうれしそうに涙ぐんでいた。二人は気付かないふりをしながら、帰路へとつくのだった。

「はあ、やっぱり家が落ち着くねえ」

君子はそう言いながら家に入ると、まずはゆっくりと仏壇に手を合わせた。

「今日は退院祝いじゃけえ、おばあちゃんの好きなちらし寿司を作っといたけんね」

「そりゃあ、うれしいわ。病院じゃあ、寿司やら生ものは出んかったけえ」

「当たり前よね。食中毒でも出したらおおごとじゃけえ」

洋子が笑いながら食事の準備を進める。

「そうじゃね、でも、たまにゃあえかろうに。昔は入院した言うたら、みんな精が付くように言うて、うなぎやら刺身やら持って行きよったがのう」

「時代が変わったんよ」

健一がたしなめる。そう、時代が変わったのだ。

「そうじゃ、高木屋さんにお礼に行かんにゃいけんわ」

君子がいそいそと出かける支度を始める。

「もう、今帰ったばっかりじゃろ。また、落ち着いてからにしんさい。私が明日行ってくるけん」

「うちが行くわいね。ほかにもようけお見舞いもろうとるんじゃけえ」

「先生が言うとったじゃろ、しばらくはおとなしくしとけって」

洋子にたしなめられると、君子は不満そうに黙り込んだ。

「ばあちゃん、食べようや」

健一がビールを運んできた。

「はいはい、ここに座って」

食卓に洋子の心づくしの瀬戸内の滋味《じみ》が並ぶ。鯛のお刺身、ちらし寿司、鯛のあらで出し汁を取ったお吸い物、穴子の白焼き――。君子の好きなものばかりだ。

「わあ、こりゃあすごいね。盆と正月が一緒に来たみたいじゃねえ」

君子は子どものように顔をほころばせている。

「はあい、おばあちゃん、退院おめでとう。乾杯！」

「乾杯！」

「ああ、昼のビールはうまいのう」

君子は八十八歳とは思えない飲みっぷりだ。

「お母ちゃん、今日は控えめにしときんさいよ。病み上がりなんじゃけえ」

洋子がたしなめると、

「何言いよるんね。あとどんだけ飲めるかわからんのじゃけえ、飲めるうちに飲んどかんにゃのう。ねえ、健ちゃん？」

「俺にふらないでよ」

健一は苦笑する。と同時に、この調子ならもうしばらくは大丈夫そうだとも思った。最近のお年寄りはとても元気である。というか、戦争を乗り越えてきたこの世代のたくましさには敬服する。

「うまいのう、洋子のちらし寿司は最高じゃ。吸い物もええ出し汁が出とるよ」

洋子も本当にうれしそうだ。

「うちゃあ、今回はもうだめかと思うたわいね……」

洋子が突然涙ぐむ。

「なんね。うちゃあ、まだまだ逝きゃあせんよ。健ちゃんが立派なお医者さんになるまでは、死んでも死にきれん。あたしゃあ、健ちゃんに看取ってもらうんじゃけえ」

君子はニコニコしている。

「もう、どんだけ生きるつもりなんね」

洋子が泣きながら笑っている。

健一は二人のやり取りを聞きながらちらし寿司を頬張《ほおば》る。少しだけ、喉に詰まるような気がした。


「ああ、ようけえいただいた。ごちそうさん。それと……」

君子は居住《いず》まいを正し、少し照れたように続けて、

「入院中は大変お世話になりました」

そう言って、深々と頭を下げる。

「もう……」

洋子がまた涙ぐむ。

「どしたんね？　洋子はこがあな泣き虫じゃったかいね」

君子は柔らかな眼差しで愛おしむように洋子の肩を撫《な》でる。母ももう年なんだろうか、それとも、君子の前ではいつまでも子どもということなんだろうか。健一はそう思うのだった。

健一が幼稚園のときに父の武が交通事故で亡くなって以来、洋子は仕事と一人息子である健一の子育てにすべてを捧げてきた。「実家に戻りたい」と言った洋子に、君子は「いったん嫁に出た身なのだから、向こうのご両親に尽くしなさい」とそれを許さなかった。姑さんは父の

七回忌が済んでからは洋子に再婚を勧めてくれたのだが、洋子はかたくなにそれを拒んだ。そして、同居していた姑が脳梗塞《のうこうそく》で寝たきりとなってからの三年間、介護にも懸命に励んだ。洋子と健一が実家に戻ったのは、七年前に姑が亡くなってからだった。

「健一、お茶碗下げてよ！」

洋子は台所に立って後片付けを始めている。

「ああ」

健一は気のない返事をして、食器を片付け始める。

「うちも手伝おうか」

「ばあちゃんはええけえ、休んどりんさい」

「ほうね。ほいじゃあ、今日はお言葉に甘えて少し休ませてもらおうかね」

やはりまだ少ししんどいのか、君子は自分の部屋の縁側に腰かける。

「健一、ばあちゃんにお茶あげんさい」

洋子は二人分のお茶を入れていた。自分で持って行けばいいのにと思ったが、またブツブツ言われるのは目に見えている。健一は黙ってお盆を手に取り、お茶を運ぶ。

「ばあちゃん、お茶飲む？」

「ああ、ありがとね」

縁側に座る祖母は、いつもよりなんとなく小さく見える。

健一は隣に座りながら君子に声をかけた。

「しんどいことないん？」

「うん、もう大丈夫なんよ」

「えかったね。ほんまに心配したんよ」

「ごめんね」

君子が小さく頭を下げる。

「でも、健ちゃんが居ってくれたけえ、助かったよ」

「俺は何にもしてないけど」

「ううん、健ちゃんはお医者さんの卵じゃけえ。居ってくれただけで安心じゃったんじゃけえ」

健一は少し気恥ずかしく、そして、少し誇らしくもあった。

「まあ、ちょっとでも役に立ったんなら良かったよ」

健一は照れながらお茶をすすった。

「年は取るもんじゃないねえ。元気じゃと思っとったんじゃけどね」

「ばあちゃん、もう九十が近いんじゃけえ、気をつけんと」

「ほうじゃねえ。いつお迎えが来てもおかしいないわ」

「まだまだ頑張らんと」

君子はそれには返事はせず、

「そうそう、健ちゃんにいつか話をしとこうと思っとったことがあるんよ」

「何？」

君子はちゃぶ台の横の小さな箪笥《たんす》の引き出しから、古ぼけた小箱を取り出した。

「何？　この古い箱……」

「こりゃあね、健ちゃんがお医者さんになったら話しとこうかと思っとったんじゃけど、ばあちゃんもいつ逝くかもしれんけえ。まあ、大した話じゃないんじゃけど……」

君子は箱の蓋を少し不器用に開けると、縁側に座って静かに話を始めた。

第二章

箱の中の暑い夏

音戸の船着場から見える瀬戸内海はいつも穏やかで、小さな波が夏の強い日差しに反射して鰯《いわし》の鱗のようにキラキラと光っていた。桟橋には対岸の中学校に通う生徒や買い出しに向かう人々が三々五々集まっている。港の傍らの大きな石灯籠の影には、強い日差しをよけて数人の女性たちがワイワイと船が着くのを待っていた。

本土にわたるポンポン船が白波を立てながら桟橋に近づいてくると、機械油の焦げた匂いと熱気が鼻を突き、暑さに一層の拍車をかける。音戸の瀬戸を渡るこの船は、十分ほどで向こう岸に到着する。梅雨が明けて七月に入り、蒸し暑さは一層、その厳しさを増していた。

「君ちゃん、おはよ」

「文ちゃん、おはよ。暑いねえ」

「うん。でも、もうちょっとで夏休みじゃけえ」

「ほうじゃね！」

君子と文子は父親同士がいとこという遠縁の幼なじみで、姉妹のように仲良く育ってきた。

「昨日は呉で空襲があったみたいじゃね？」

「うん、空襲警報が鳴ってうちも防空壕《ごう》に入った」

「うちも」

ここ最近、空襲の回数は確実に増えており、夜中に防空壕に避難しなくてはならない回数も増えている。

「早う戦争が終わりゃあ、ええのにね……」

文子が声を少し潜めて呟く。

「うん」

君子もまったく同じ気持ちだった。

「毎日イモばっかりじゃし……」

「しょうがないよね。お米は兵隊さんのところへ行くんじゃけえ」

戦況の悪化とともに、国民の食糧事情も確実に悪くなってきている。

「ほんまに兵隊さんのところへ行きよるんじゃろうかね。憲兵が持っていきよるゆう話を誰かがしよったけど……」

「文ちゃん、そんなこと言いよったら連れていかれるよ」

君子が慌てて文子に目配せをする。

「あ〜あ、何かおいしいもん、食べたいなあ」

「ほんまじゃね。うち、おはぎが食べたい！　うんと甘いやつ！」

君子がそう言って笑う。

「うちはね、みたらし団子！」

よれよれの鞄を胸に抱きかかえながら文子も笑っている。

「こら、お前ら！　兵隊さんが戦地で戦っておられるのに、不謹慎なことを言うんじゃない！」

どこかの知らないおじさんが、殴りかからんばかりに君子と文子の前に仁王立ちして怒鳴る。

「す……すいません……」

二人は消え入りそうな声で謝り、混雑する船内の人の間を縫って、おずおずと反対側の舳先《へさき》に移動した。

「もう、文ちゃんたら、変なこと言うけん、怒られたじゃんか」

「だって、ええじゃんね。ちょっとぐらい甘いもんの話しても」

「ほうよね。話ぐらいいねえ」

君子もそう思ったが、戦況が日本に不利になっている分、世の中の雰囲気もますます暗澹《あんたん》としてきている。日本中がいらだちと不安と焦燥に陥っていた。

船が対岸に着くと、みんな一斉に改札へ向かう。自転車に乗った二人の学校の先生たちが、急ぎながら一気に追い越していった。

「君ちゃん、おはよう」

君子の家の二軒先のおばさんが声をかける。

「おはようございます」

「おばちゃん、買い出し？」

「うん。いうても物がないけえね。ほいじゃが、配給だけじゃどうしようもならんけえ。まあ、行ってみようと思うんよ」

おばちゃんがため息をついた。物資の困窮は日に日にひどくなり、庶民の生活はもはや限界に達してきていた。

「じいちゃんの具合はどんなん？」

「うん、まあまあかねえ」

君子の祖父・顕正はもともと潰瘍《かいよう》持ちで胃腸が弱いのだが、最近は胃の調子が悪く、食糧難による低栄養も重なって寝たり起きたりの状態になっていた。防空壕の中へ入っていくのも一苦労だ。次第に弱っていくおじいちゃんを見るのは、小さい頃からかわいがってもらった君子にとってつらいことだった。

「気を付けてあげてね」

おばちゃんはそう言うと、小走りに呉線のホームへ急いで向かっていった。

君子たちが通う中学校は音戸の対岸の丘の上にある。

「この坂、なんとかならんかね」

「ほんまにね」

二人は汗だくになりながら坂を上る。

「はあ、疲れた！」

息を切らせて坂を上りきると二人は同時にそう言い、顔を見合わせて笑った。

「ここからの眺めは最高じゃねえ」

「ほんまにね。今、戦争しよるとは思えんよね」

二人の眼下には、いつものように素晴らしい瀬戸内海の島々がずっと向こうまで広がっている。小さな芽花椰菜《ブロッコリー》を積み重ねたような入道雲がもくもくと立ち上がり、青い空から連なる海はどこまでも穏やかだ。そんな景色の中、呉の海軍基地が威容を誇るように遠くに横たわっている。

君子はその姿を見ると嫌でも、今が戦争の真っただ中であることを強く思い知らされた。

「君子、何しよるんや！」

同級生の平吉が君子の頭をポンと叩いて走って逃げていく。

「もう、平吉のばかたれ！」

二人は走って平吉の後を追いかける。

「平吉は君ちゃんのことが好きじゃけんね」

文子が走りながらそう言う。

「もう、やめてえや！　うちは平吉なんか大嫌いじゃけん」

色白の君子は頬を赤らめて、そそくさと教室に入っていった。

平吉の父はすでに戦死し、兄は兵隊にとられ、家では母とまだ三歳の妹と三人で暮らしている。まだ中学生でありながら、家族唯一の男として一家を守っていかなくてはならないという強い思いを持っているようだ。しかし、平吉はそんな中でもいつも明るくクラスの人気者である。


その日の放課後、掃除当番の文子を残して、君子は一人、坂道を下って波止場に向かっていた。

「君子、帰るんか？」

平吉がふいに後ろから声をかける。

「もう、たまげるじゃないね。急に声かけてから」

「ごめん」

いつもやんちゃな平吉にしては、めずらしくしおらしい様子だ。

「君子、裏山の丘に行ってみんか？」

「ええ。うちゃあ、船の時間があるけえ」

「ええじゃんか、次の船にすりゃあ」

「どうしようかな……」

「行こうや」

平吉は不意に君子の手を取って走り出す。

「もう、こけるじゃん」

平吉に急に手を握られた君子は、内心ドキドキしながらも一緒に走り出した。

通学路から少し外れた脇道から、二人は手をつないで坂道を一気に駆け上る。キラキラした日差しに汗が反射して光っている。そして、海が眼下に徐々に広がり、太陽が近づいてくる。

二人は、息を切らして丘の上の草むらに倒れ込んだ。

「はあ、わしゃあ、もう死にそうじゃ！」

平吉が大の字になって寝そべる。

「うちもじゃ！」

君子も平吉の隣に倒れ込み、はあはあと息を切らしている。二人はしばらく寝そべったまま、空を見上げながら息を整えた。

「雲がきれいじゃのう」

「うん」

「あの雲は、どこまで行くんじゃろう……」

「どこまでかね」

「兄ちゃんに会いたいのう……」

平吉が静かに呟いた。

「茂兄ちゃん、どこにおるん？」

君子の問いかけに平吉は何も答えない。丘を吹き抜ける風が夏草を揺らし、さわさわと音を立てる。

風が一瞬止んだとき、平吉が重い口を開いた。

「兄ちゃん、特攻に志願したんじゃ」

「え？　特攻……」

君子は言葉を失った。平吉はそれ以上、何も言わない。二人は黙ったまま、そして大の字のまま雲を眺めていた。

入道雲が日の光を遮り、海風が二人の頬を撫でる。君子がそっと横を向くと、平吉の頬に涙が渇いた跡を見つけた気がした。

「早う戦争が終わりゃあええのにね」

君子がじっと上を向いたまま呟く。

「うん」

平吉も上を向いたまま答えた。雲が静かにどこまでも流れていく。

「ほうじゃ、君子、トウキビ食うか？」

「え？」

「トウキビじゃ、庄原のおじちゃんがこの前持って来てくれたんじゃ。うまいで！」

「うん食べる！」

「よっしゃ！」

平吉は飛び起きて、向こうに投げ出した鞄の中から新聞紙の包みを取り出す。

「ほりゃ、君子、食え」

トウキビを半分に割って君子に差し出す。

「ありがと、おいしそうじゃね。トウキビなんか久しぶりじゃあ」

「食え食え」

平吉がトウキビに無心でかぶりつく。

「甘いのう～」

「ほんまじゃね。すっごい甘い！」

君子もうれしそうに頬張る。

「うまいのう」

「うん、うまい！」

二人はあっという間にトウキビを平らげた。

「平吉、ありがと。おいしかった」

「うん」

平吉は少し照れたように笑う。

「君子、わしゃあ……」

平吉が何か言いかける。

「え？　何？」

「いや、何でもないわい」

平吉は縁《ふち》がほつれた学生帽を目深《まぶか》にかぶると、投げ出した鞄を無造作に拾って体にかけ直した。

「帰るで」

平吉はうつむいたまま呟き、君子の手を取る。

「誰かが見とったらいけんけえ……」

君子は本心とは裏腹に、平吉の手を離す。平吉は少し戸惑いながら、汚れたズボンで離した手の汗をぬぐった。


戦況は日に日に厳しくなっていた。

新聞やラジオで国民精神総動員についての報道が続き、それらは国民を鼓舞するような内容ばかりだったが、それがかえって敗戦の色合いが徐々に濃くなっていることを示していた。徹底的な報道統制と根拠のない戦線拡大の記事は、日本がまもなく戦争に勝利して生活が楽になると錯覚させ、懐柔するには都合のいいものだった。それでも、戦意の高揚のために「鬼畜米英」「欲しがりません、勝つまでは」などと威勢のいい文句がならび、大人から子どもまで強制的に刷り込まれていく。

君子の父・薫は持病の結核は今は症状が落ち着いているが、徴兵はなんとか免れていた。呉の造船所に勤め、週末はいくばくかの畑仕事をしている。兄の徹は県立呉第一中学校の二年生なのだが、昨年から学徒動員で呉の海軍工廠《こうしょう》に出ていた。

「君ちゃん、お茶碗出して～」

母の綾子が声をかける。

「はあい」

最近は毎日、粟粥《あわがゆ》とたくあんだけだったが、それでも晩ごはんはとても楽しみだった。

「おじいちゃんは？」

「ちょっと見てきてちょうだい？」

君子は奥の部屋へ様子を見にいく。

「おじいちゃん、今日はどっちで食べる？」

相変わらずしんどそうに寝床に伏せているが、

「ほうじゃのう。今日は調子ええみたいじゃけえ、一緒に食べようかのう」

「うん。うちもおじいちゃんと一緒がええけん！」

「君子はうれしいことを言うてくれるのう」

君子はおじいちゃんがゆっくりと起き上がり、立ち上がるまで背中を支えながら助けてあげる。急に起き上がると、貧血でふらつきがひどくなるからだ。

「おじいちゃん、大丈夫？」

「ああ、ぼちぼち行くけえ、大丈夫じゃ」

おじいちゃんは三年前の脳梗塞の後遺症で右足が不自由なため、部屋から居間までだいぶ時間がかかる。君子は後ろからゆっくり支えながら一緒に歩いていく。

ようやくみんながそろうと、いつもの質素な晩ごはんが始まる。それでも、みんなで食べることができるこのささやかな幸せが、今の君子にはとてもうれしかった。男が兵隊に取られず、曲がりなりにも家族みんながそろっている家は少ないのだ。

出征していないことで薫は時に白い目で見られることや陰口を叩かれることもあったが、そんなことより君子は、お父ちゃんや兄ちゃんがこうして一緒に居てくれることが何よりうれしかった。

「いただきます！」

今日もみんな、なんとか無事に生きることができた。当たり前のことが当たり前でないこの時代の不条理を感じながらも、いつしか、それが当たり前になっていた。

「粟粥じゃあ力が出んのう」

「黙って食え！」

お父ちゃんに怒られた兄ちゃんは茶碗を乱暴に差し出す。

「おかわり！」

「君子はいらんの？」

「うちゃあ、今日トウキビ食べたけえ、もうええわ」

「トウキビ？　どこにあったんじゃ？」

「平吉が庄原のおじさんにもろうた言うて、半分くれたんよ」

「ええのう」

兄ちゃんはうらやましそうだ。

「甘くておいしかったんよ〜」

「なんでわしのももろうてくれんかったんじゃ！」

「一本しかないんじゃけえ、しょうがないじゃろ。もしあっても、兄ちゃんにはやらんわ。うちゃあ、おじいちゃんにあげる」

「徹、お前は男じゃろ。いやしいことを言うな！」

お父ちゃんに厳しく言われた兄ちゃんは、ふてくされて粟粥をかきこんだ。

「明日、早瀬行ってくるけえ。魚をもろうてきたげるけん、今日は我慢しんさい」

お母ちゃんが取りなすように言う。

物資が困窮していたこの時代、農家と漁師の間で物々交換が当たり前に行われていた。君子のような農家は野菜を、漁師は魚や磯もんと呼ばれる貝のたぐいを持ち寄って交換するのだ。もともと農家は早瀬地区の漁師を下に見ている風潮があったが、こんな時代にはそんなことを考えている余裕は両者にはなく、食べていくために、生きていくために、これまでのしがらみを口にすることもなくなっていた。

そんな中、農家でもなく漁師でもない物乞いをする〝ほいと〟と呼ばれる者もいた。彼らはみんなから蔑まれ、時には石を投げられて追い払われることもあった。それでも、彼らは残った雑魚《ざこ》を拾ったり、しなびた野菜の残りを貰ったりして生きていくことに必死だった。彼らにも子どもが居り、年老いた父母が居り、そして愛すべき家族がいた。

「早う戦争が終わって、みんなに腹いっぱい白い飯を食わしてやりたいのう」

おじいちゃんが申し訳なさそうに言う。

「ええよ、わしゃあ我慢するけえ。長男じゃけえ」

徹もさすがに少しは男を見せたようだ。

「ほんまにね。いつまで続くんじゃろう……」

「東京も名古屋も大空襲で壊滅状態らしいで」

家の中にもかかわらず、お父ちゃんは声を潜めるように言う。

日本国中の大都市は例外なくアメリカからの空襲に見舞われ、大きな爆撃を受けていないのは京都と広島ぐらいだった。特に首都の東京は、度重なる大空襲でもはや壊滅状態となっており、十万人以上の命が奪われていた。敗戦への足音が否応なく、そして確実に近づいていることを、国民の多くが本能的に感じていたのかもしれない。

「広島はなんで大丈夫なんじゃろう?」

広島は軍都として最重要拠点の一つであり、そして、近隣の呉には多くの造船所があり戦艦が造られていることを考えると、広島に大規模な空襲がないことは確かに不思議なことだったのだ。

「広島は仏さんが守ってくれとるけえ、大丈夫なんよ」

「わしの行いがええけえじゃあ!」

徹がそう言って笑う。

「それじゃったら、明日にも大空襲が来るわ!」

君子が混ぜっ返す。

「うるさいわ、君子は黙っとれ!」

徹が君子のたくあんを箸で摘まみ取る。

「もう、うちのたくあん返してえや! 徹のばかたれ!」

ちゃぶ台の上でたくあんの取り合いをする。

「あんたら、ええかげんにしんさい！」

綾子が大きな声をあげると、二人はお互いの顔を見て「イーッ！」と言い合うのだった。


翌日も、その翌日も暑い日が続いた。

もう何日雨が降っていないだろうか。今年の夏は、いつもより一段と暑さが厳しい。学校からの帰り道、君子と文子はいつものように汗だくになりながら、長いだらだらとした坂道を下っていた。

「君ちゃんは、来年卒業したらどうするん？」

文子が汗を拭きながら尋ねる。

「うちは……呉の海軍の看護学校に行こうと思うとるんよ」

君子は少し恥じらいながら答えた。

「へえ、君ちゃん、すごい！　看護婦さんになるんじゃ？」

「まだ合格するかどうかわからんけえ、誰にも言わんとってよ」

君子は自信なさげに文子に念を押す。

「うん、大丈夫よ」

「文ちゃんは？」

「うちは、まだ決めとらん……」

幼い弟と妹がいる文子は彼らの面倒を見なくてはならず、おそらく進学は難しいことを、彼女自身が誰よりもよくわかっている。

父親は当然のように徴兵に取られ、南方の最前線のラバウル島に居るらしい。母親は病弱で寝たり起きたりの生活で、文子は学校から帰ると掃除や洗濯、炊事と、一家の主婦としての仕事もこなしていた。上の学校に通うことなど、とても考えられない。

「ええなあ、君ちゃんは……」

文子は君子に、そして自分自身に向かって呟いた。

「お父ちゃん、早う帰ってきてくれんかなあ……」

文子が遠くをぼんやりと見つめている。君子は黙って少し後ろを歩いていた。

「ほうじゃ！　文ちゃん、うちゃあ、夏休みになったら広島の病院の見学に行くけえ、文ちゃんも一緒に広島、行ってみん？」

「うちゃあ、どうしょうかね。雄太と恵子の面倒みんにゃいけんけえ」

「一日くらいええじゃん？　袋町のおばちゃんが髪結いしよるけえ、そこに泊めてもらうんよ。文ちゃんも一緒に泊まりゃあええわいね。文ちゃん、髪結いさんになりたい言うとったじゃろ？うちがおばちゃんに頼んだげるけん」

「でも、うちも一緒に行っても、ええんかね？」

「ええよ。おばちゃん、髪結いが繁盛しとって景気がええんじゃけ。何かおいしいもん食べさせてくれるかもしれんよ」

「ほうじゃね。うちも広島行ってみたいし……」

「ほうよ。たまにゃあ、うちらも楽しまんとね」

「お母ちゃんに聞いてみる。君ちゃん、いつ行くん？」

「たぶん、八月の五日かねえ」

「うん、わかった。八月五日じゃね。楽しみじゃあ！」

「うん、約束よ」

二人の運命の歯車が大きく動き始めた。


真夏の日差しが照り付け、いつもにもまして蒸し暑く潮風が肌にまとわりつくような朝だった。なぜだかタロウの落ち着きがなく、土間まで入り込んで君子の足元をまとわりついてキュンキュンと鳴いている。

「もう、タロウ！　邪魔！　うちはこれから広島に行くんじゃけえ、邪魔せんといて！」

君子はタロウの首輪を引っ張って、頭をポンポンと叩く。首をすくめたタロウがようやく君子から離れる。それでもまだ、この日のタロウは何だかおかしかった。

「君子、早く準備せんと文ちゃんが迎えに来るよ」

「わかっとる。タロウがうるさいんよ」

君子は受験のため、夏休み明けに海軍の看護学校の説明会に参加する予定にしていた。

従来は高等女学校を卒業していないとなれなかった救護看護婦は「甲種看護婦」に格上げされ、高等小学校卒業でも入学が可能な「乙種看護婦」の過程が新たに設けられ、採用年齢の下限が従来の十八歳から十六歳に引き下げられることになっていた。教育期間も二年と短縮され、いわゆる速成過程である。日赤の看護学校ですら、従来は三年だった救護看護婦の教育期間が二年半に短縮されていた。戦況が劣勢となっていき、看護婦の数が圧倒的に足らなくなっている。

広島で髪結いをしているおばの知り合いが、たまたま広島第一陸軍病院宇品《うじな》分院の看護婦長をしているため、その方の厚意で病院を見学することができるよう手配してくれたのだ。

「おはようございます」

文子が声をかける。タロウは庭先まで出て相変わらずワンワンと駆け回っており、今度は文子の周りにじゃれついた。防空壕の脇の草むらからは夏の青臭さが立ち上がっていた。

「ありゃ、文ちゃん、久しぶりじゃね」

「おばちゃん、おはようございます」

文子が丁寧に頭を下げる。

「お母さんの調子はどう？」

しばらく姿を見ない文子の母親を気遣って尋ねてくれる。

「最近は少し調子良いみたいです」

文子は少しだけ笑顔で答えた。

「ほうね。また顔を見にいく言うといてね」

「はい」

文子はもう一度頭を下げた。

「君子～、文ちゃん来とるよう。早うせんにゃあ」

君子は慌てて髪にゴム止めを付け、バタバタと靴を履く。

綾子は君子の襟元を直しながら、

「英子おばちゃんによろしゅう言うとってよ」

と言い聞かせる。

「わかっとるよ」

「そうそう、これ持ってって」

「これ、何ね？　重たいわ～」

「人参となすび。お世話になるんじゃけえ。二人とも迷惑かけんさんなよ」

君子は大きな手提げ袋を渡されて重たそうだ。

「行ってきま～す」

二人は遠足にでも出かけるように、楽しそうに家を出ていく。

「なんか、楽しみじゃね！」

「うん！　広島は大きな街じゃけえね」

いつもの船着場の風景も、なんだかいつもと違って見えた。夏休みということもあり学生の姿はほとんどなく、いつもなら満員の時間帯の船も乗客の姿はまばらである。今日はゆっくりと席に座ることができ、二人は穏やかな笑みを浮かべながら船に揺られていた。

「今日は人が少ないねえ」

「ほうじゃねえ。いつもこんなんならええのにねえ」

「ほんまじゃねえ」

二人を乗せたポンポン船はいつものように油の焦げる匂いを放ちながら対岸へと向かう。

船が岸に着くと、呉駅までは市営バスに乗り換える。二人ともバスに乗るのは久しぶりだ。というか、親と一緒でないのは初めてだ。青と白のボンネットバスは思ったより混んでおり、二人は乗り口の近くの手すりに一生懸命つかまって立っていた。

「このバスでええんかねえ？」

「たぶん……呉駅行きって、書いてあったけん」

話しながらも二人はどこか不安だった。そんなとき、前に座っている知らないおばさんが声をかけてくれた。

「あんたら、どこへ行くん？」

「広島です」

「ほいじゃあ、呉駅から汽車じゃねえ」

やさしそうなおばさんはニコニコと笑っている。

「はい」

「あのう……このバス、呉駅に行くんですよね？」

文子がおずおずと尋ねる。

「ああ、心配せんでも行くよ」

「えかった！」

ようやく二人は安心し、胸を撫で下ろした。

呉駅が近づくにつれ、町の様相が少しずつ変わっていく。大日本帝国海軍呉鎮守府は海軍の要で大きな戦艦や潜水艦がその威容を誇るように岸壁に停泊しているが、その多くは激しい戦禍により大きな損傷を受けていた。

君子はその姿を見て、言い知れぬ恐ろしさを感じていた。この潜水艦が遠く離れた戦場で攻撃をしてたくさん敵を殺してきたのか……。この戦艦に乗っていた多くの兵隊さんたちが敵に攻撃されて殺されてきたのか……。そう思うと、内心ぞっとしたのだった。バスの中では、海軍の方向を見ながら敬礼をする男の人もいる。

しばらくしてバスは呉駅に着き、多くの人でごった返している。

「君ちゃん、君ちゃん」

文子は人ごみに押されて、徐々に君子から離れていく。

「文ちゃん、こっちこっち！」

君子は文子の手を握り、必死で駅の改札口へ向かった。

「すいません、広島まで二人！」

君子が切符売り場の前で叫ぶ。なんとか切符を買い、二人は満員の汽車に乗り込んだ。

「君ちゃん、すごい人じゃねえ」

「うん。文ちゃん、手を離しんさんなよ。迷子になったら大変じゃけんね」

「うん！　死んでも離さん」

文子も手をぎゅっと握り返す。

穏やかな瀬戸内海沿いに、汽車は吉浦から狩留賀《かるが》、坂《さか》を過ぎ、二時間弱で広島駅に到着した。そこは、呉駅とは比較にならないほど多くの人で賑わっている。二人はそこから市電に乗り換えて、袋町に向かおうとしていた。

「広島は大きな街じゃねえ」

「ほんまじゃあ。うちゃあ、呉はすごい大きい思うとったけど、全然違うね」

「ほうじゃねえ。駅が大きすぎて、うちゃあ、どっちに行ったらええんか全然わからんわ

「……」

「どっちじゃろ……？」

「お母ちゃんが市電の一号線に乗りんさいって言うとったんじゃけど……」

二人は人混みに流されながらなんとか出口へ向かう。

「あそこに駅員さんがおるけえ、ちょっと聞いてみようや」

「うん。君ちゃん、聞いてくれる？」

「え～！　うちゃあ恥ずかしいけえ、文ちゃん、聞いてえやあ」

二人はどちらが聞くか、押し付けあっている。

「あんたら、二人で大丈夫なん？」

明らかに田舎から出てきた中学生の女の子二人がまごまごしている姿を見て、駅員が心配して向こうから声をかけてくれた。親切にも市電の乗り場まで連れていってくれ、切符も一緒に買ってくれたのだった。

「気いつけて行きんさいよ。電車の中はスリが多いけえ、しっかり財布を手に持っとくんで」

「ありがとうございました」

二人は丁寧に頭を下げながらお礼を言った。

「やさしい駅員さんが居って良かったね」

二人は無事に市電に乗り、汗をぬぐいながら顔を見合わせる。

「ほんまじゃね、助かったね。それに、ちょっとかっこええ人じゃったし」

「もう、文ちゃんったら！」

君子は少しあきれて窓の外を見ていたが、君子も同じことを思っていた。そして、ひとり頬を赤らめていた。

広島は呉よりさらに大きな街だった。島育ちの君子にとってはとてつもない大都会に感じ、正直、怖い気持ちになっていた。迷子になってとんでもないところに行ってしまうのではないか、人さらいに遭うのではないか、スリにお金を盗まれるのではないか、嫌なことばかりが頭をよぎる。それなのに文子は、能天気に電車の車窓からの風景を楽しんでいる。

「君ちゃん、君ちゃん、広島には大きな建物が多いねえ」

文子は八丁堀《はっちょうぼり》を過ぎる頃には窓から体をずいぶんと出し過ぎ、車掌さんに注意されていた。

「もう、文ちゃん気をつけんと」

君子があきれ果てて声をかける。

「ほじゃけど、うちゃあ、なんかうれしゅうて」

文子は悪びれもせず答える。君子もそう言われると、なんだか少しだけウキウキした気分になってきた。

市電が袋町の電停に着いたのは午前十一時を過ぎた頃だった。そこには心配していた叔母の英子が、わざわざ電停まで迎えに来てくれていた。

「君ちゃん！」

「おばちゃん！」

君子は叔母の顔を見ると、安心して泣きそうになった。

「よう来た、よう来た。遠かったじゃろう？」

英子が君子の頭をぐるぐるさする。英子に会うのは祖母の七回忌の法事で会って以来、三年ぶりだ。

「こっちが文ちゃん？」

英子が君子の隣で恥ずかしそうにしている文子に尋ねる。

「そう！　うちの一番仲良しの友達なんよ」

君子はうれしそうに英子に紹介した。

「ああ、たしか小枝子さんとこのお孫さんじゃったかいね？」

英子が目を細めながら言う。

「はい」

文子は恥じらいながらこくんと頭を下げる。さっきまであんなにしゃべっていたのに、借りてきた猫のようにおとなしくなっている。文子は何気に内弁慶のようだ。

「うちは小枝子さんにもいろいろお世話になったんよ。ええ人じゃったのにねえ」

数年前に他界した文子の祖母の小枝子が英子はさぞ懐かしそうだった。

「ありがとうございます」

文子はもう一度、ていねいに頭を下げた。

「さあさあ、取りあえず昼ご飯にしようね」

叔母の家は袋町小学校のすぐ近くにあった。

日銀の広島支店の大きな建物から脇道に入ると、意外にも表通りとは様相が一変し、昔ながらの住宅街が広がっている。小学校の角を曲がると子どもたちが無邪気に遊んでいて、そこには戦時下とは思えない穏やかな日常が残っていた。男の子たちはめんこを、女の子たちは縄跳びで楽しそうに遊んでいる。しかし、どの子どもたちもつぎはぎだらけのみすぼらしい服装で、そこには戦争の影が色濃く映し出されていた。

英子の美容院は店舗兼住宅で入り口は洒落《しゃれ》たたたずまいだ。二人は店の入り口から中に入り、奥にある自宅へ案内された。縦に長い家の中には素敵な中庭がある。

「これ、お母ちゃんがおばちゃんにって」

君子は音戸から大切に抱えて持ってきたみずみずしい野菜を英子に差し出す。

「まあ、こりゃあすごいね。おいしそうじゃあ。ありがとね」

英子は大事そうに少しひんやりとした半地下の納屋にしまった。

「ほんまはごちそうしてあげたいんじゃけど、このご時世じゃけえね。大したもんでのうてごめんね。そうめんで我慢してね」

英子は申し訳なさそうに言ったが、食卓にはそうめんとおいしそうな卵焼きとイモの煮っころがしが並んでいる。

「うち、そうめん食べるの久しぶりじゃけえ、うれしいわ」

君子も文子もうれしそうにニコニコしている。

「ほうね、ようけ食べんさいよ。二時になったら竹光さんが迎えに来て、病院を見に連れてってくれるけんね」

「はい。うちゃあ、すごい楽しみじゃ！」

今日は英子が知り合いの看護婦さんに頼んでくれて、病院を見学することになっているのだ。

「竹光さんはうちのお客さんじゃけど、陸軍病院の宇品分院の婦長さんじゃけえ、いろいろ良くしてくれると思うよ」

「ほうですか。おばちゃん、ありがとね！」

君子は改めてお礼を言う。

「君ちゃん、勉強頑張って来年の試験合格しんさいよ！」

「うん、頑張る！」

君子は自分の中にふつふつと勇気が湧いてくるような気がしていた。

「文ちゃんも看護婦さんになるん？」

英子が文子の方へ向き直って尋ねる。

「うちは……弟らの面倒を見んといけんけえ、学校には行かれんです」

文子が寂しそうに答える。

「ほうねえ。そりゃあ大変じゃあ」

英子は悪いことを聞いたと思い、取り繕《つくろ》うように言った。

「おばちゃん、文ちゃんは髪結いさんになりたいんと」

君子は文子の思いを感じ取っていた。

「ありゃま、ほうねえ」

英子は驚いたように、それでもどこかうれしそうにニコニコしている。

「でも、うちは学校とかには行かれんけえ……」

文子はずっとうつむいたままだ。

「文ちゃん、お父ちゃんが帰ってきたら文ちゃんも好きなことできるけえ、それまでの辛抱じゃね」

君子は文子を精一杯元気づける。

「ほうじゃね。早うお父ちゃん、帰ってこんかなあ」

「この前、手紙が来たんじゃろ？」

「うん。ラバウルに居るって書いてあった。元気そうじゃったよ」

「えかったね！」

「うちゃあ、お父ちゃんが帰ってきたら、髪結いさんになるんじゃ」

文子は少し遠くを見ながら、そして、自分自身に言い聞かせるように言った。

「文ちゃん、髪結いさんになるんなら、学校なんか行かんでもおばちゃんがいろいろ教えたげるよ」

英子がやさしげな眼差しで文子に微笑む。

「ほんまに!?」

文子はうれしそうに目をキラキラさせている。

「文ちゃんは、なんで髪結いさんになりたいん?」

君子は前から少し不思議に思っていた。

「だって、うちは女の人がきれいになるのが大好きじゃけえ。今はおしゃれしたら怒られるけど、でも、女の人はいつもきれいになりたいと思うとるじゃろ?」

「うん」

「それに、お母ちゃんはいつも髪とかぐちゃぐちゃで、うちらの世話ばっかりしてくれよるけん、いつかきれいにしてあげたいんよ」

文子はこれまで苦労している分、人にとてもやさしい。君子はそんな文子が大好きで、尊敬もしていた。

「今の時代は仕方がないよね」

英子が少しさみしそうに言う。

広島のような大きな街はともかく、島の田舎では髪結いに時間やお金をかけられる、そんな女性はまったく居なかった。

「じゃけえ、うちは髪結いさんになって、今までの分、みんなをうんときれいにしてあげたいんよ」

「うちの若い頃と同じじゃ。文ちゃん、お父ちゃんが戻ってきてお許しが出たら、うちのところに来んさい。一から仕込んであげるけえ！」

英子は文子の姿を昔の自分に重ね合わせていた。

「ほんまに⁉　うち、頑張ります！」

「文ちゃん、えかったね！」

君子も自分のことのように喜んでいる。

「今日、広島来てえかった」

「二人とも、えかった、えかった。君ちゃんは看護婦さんで、文ちゃんは髪結いさんじゃ！」

君子と文子は顔を見合わせて笑う。

「さあさあ、そうめんいっぱい食べんさいね」

三人は顔を見合わせていつまでも笑っていた。

その日の二時少し前、広島第一陸軍病院宇品分院の竹光看護婦長さんが英子の家まで迎えに来てくれた。おかっぱ頭の竹光さんは、どこにでも居そうなやさしそうな女性だ。

緊張で顔がこわばっている君子に、

「そんなに緊張せんで大丈夫よ。今日は見学じゃけえ、気楽に見ていきんさいね」

とやさしく声をかけてくれる。

陸軍病院分院は、英子の家から市電で三十分ほどの宇品町にあった。

「君子ちゃんは、どうして看護婦になりたいん？」

竹光さんが電車の中で君子に尋ねる。

「うちゃあ、胸を悪くして苦しんでいるお父ちゃんや、胃の調子が良くなくていつもご飯が食べれんおじいちゃんを見とったら、なんとか力になりとうて……」

君子はうつむきながら答えた。

「そう」

竹光さんが君子の方に向き直って続ける。

「看護婦の仕事はね、家族や身内のお世話をすることとは全然違うものなのよ。看護婦の仕事はね、傷を負った人や病と闘っている多くの人たちに寄り添うことなの。どんな人でも、どこの国の人でも、どんな境遇の人でも、看護に境界線はないの。そして、どんな重症の患者さんでも、もう先がない患者さんでも、最後の最後まで寄り添うことが必要なの。あなた、それをできる覚悟はある？」

　君子は自分の安易な動機を見透かされたようで、そして今、竹光さんが言ったようにいつでもどんなときでも、患者に寄り添う覚悟ができているのか、まったく自信がなかった。そして、そのまま黙り込んでしまった。

「まあ、いいわ。うちの病院に来てみてごらんなさい」

　市電は鷹野橋《たかのばし》で大きく左に曲がり千田町《せんだまち》を通り過ぎた。しばらくすると陸軍病院宇品分院前の電停が見え始め、二人は電車を降りる。

　広島第一陸軍病院宇品分院は大きな三階建ての病院だった。呉にある海軍病院も相当立派だが、勝るとも劣らない病院だ。入り口には菊の御門が恭《うやうや》しく掲げられ、帝国陸軍の病院であることが一目瞭然だった。二人は大きな正門をくぐり、病院の中に入っていく。

　三段ほどのたたき階段を上がると、そこは広い外来だった。中は内科、外科、整形外科とそれぞれの診療科が整然と配置され、多くの患者が診察を待っている。その中を、憧れの白い帽子に白い制服、そして白い長めの前掛けをつけた看護婦さんたちが、忙しそうに走り回っていた。どの看護婦さんもてきぱきと無駄のない動きで、君子はその姿に圧倒されていた。

　まもなくして、白衣に着替えた竹光婦長さんが現れた。さっきまでのやさしそうなおばさんとはすっかり違った印象で、凛とした看護婦長の姿に君子は圧倒された。すれ違う看護婦さんたちは、竹光婦長さんの姿を見ると一様に頭を下げ、竹光さんはそれにひとつひとつうなずいていた。

「君ちゃん、ここは外来部門よ。一日に千人以上の患者さんが来院されるの」

「せ、千人、ですか……」

君子はその数に圧倒された。当然のことながら患者たちは疲れ果てた表情で、いつになるともわからない診察の順番を、黙って待っている。

「早く診てあげたいんだけどね。なんせ、患者さんの数が多すぎて……」

竹光さんは申し訳なさそうに言った。

「看護婦たちは診察の介助だけじゃなくて、初診の患者さんの問診や案内、検査の付き添い、苦情の対応、何でもやらないといけないのよ」

君子にはまったく想像ができない世界だ。

「ちょっと外来の中を見学してみましょうか」

竹光さんが内科の診察室に案内してくれる。中では大きな黒い椅子に座ったお医者さんが、患者さんの胸の音を聴診器で聴いていた。

「見学の子です」

竹光さんが診察中のお医者さんに紹介してくれる。君子は慌てて頭を下げたが、お医者さんは一瞥をくれただけだった。

「うん、よろしい」

お医者さんはそれだけ言うと、患者さんはおずおずと頭を下げる。そばにいる介助の看護婦が患者さんの着替えを手伝い、早く診察室の外に出るように促していた。当然のことながら、ここではお医者さんが一番「偉い」のである。決して、患者ではない。

「次！」

お医者さんが大きな声で次の患者さんを入れるよう看護婦に横柄に指示をした。

竹光さんが一礼して診察室を出ていく。君子も竹光さんを真似て一礼し、後をついて部屋を出る。

「すごい緊張しました……」

何かしたわけではないのに、君子は汗をびっしょりかいている。

「あらま、君子ちゃん。そんなに緊張しないのよ」

竹光さんが笑いながら君子に声をかける。

「次は、病棟に行ってみましょう」

竹光さんは君子を連れて二階に上がっていく。その階段は君子が通っている学校よりとても幅が広く大きく、何かを威圧する雰囲気がある。君子は、その階段がどこかの恐ろしい世界に通じる入り口のような気がして、一瞬、階段に足をかけることをためらった。

二階は一般病棟で、主に内科の患者さんが入院していた。そこはどこかのんびりした雰囲気があり、君子は少しだけホッとした。何の病気かはわからないが、多くの患者さんたちがベッドに横たわり、思い思いの時間を過ごしている。中には患者同士で将棋を指している人も居て、そこだけ見れば戦時下であることを、ほんの少しだけ忘れることができるような気がするのだった。

それでも看護婦さんたちは、きびきびとした表情で患者の看護にあたっている。やはりそこには、微塵の油断も許されない緊張感があるのだ。

「ここはね、比較的状態の安定した内科の患者さんが多い病棟なの」

竹光さんが説明してくれる。

「それでもね、がんの末期の患者さんたちも居て、容体がいつ急変するかわからない方も居るわ。看護婦はね、一瞬たりとも気を抜くことはできないのよ。患者さんの状態をつぶさに正確に判断して、変わったことがあったらすぐに先生に報告しないといけないの」

自分にできるのだろうか……君子はまた、言いようのない不安に襲われていた。看護婦の仕事は自分が考えていたより、はるかに厳しく大変なもののようだ。やさしい看護婦さんになって、患者さんのお世話をしたいなどという女学生の淡い期待や願望は、ここにきて一瞬にして吹き飛ばされていた。

「さあ、次は……三階に行ってみましょうか」

竹光さんが少したためらったように感じたが、君子は三階へと案内される。

「ここはね、傷ついて帰ってきた軍人さん専用の病棟なのよ」

竹光さんが静かに教えてくれた。

そこはこれまでの外来や二階の一般病棟とはまったく異なり、妙な静寂があった。そこには、傷ついた多くの帰還兵が入院していた。手や足がない人、顔面を包帯でぐるぐる巻きにされて一言も発しない人、弱音を発することは軍人としての自尊心が許さないのか、それとも、もはや声を出す力も残っていないのか、病棟内には不気味な静けさがあった。

ここは下の階の看護婦さんと違って、もう少し年かさの看護婦さんが多いようだ。竹光さんの姿を見ると、みなが黙って頭を下げている。そして、君子に向かってやさしい笑顔を投げかけてくれる。君子は少しだけ、ほんの少しだけ救われたような気がした。なんともおどろおどろしいこの病棟では、看護婦さんのやさしい笑顔だけが唯一の救いのような気がした。

おそらくそれは、傷ついた軍人さんにとっても同じに違いなかった。死に直面して命からがら帰還した人、手や足を失った人、命も風前の灯火となり静かに死を迎えようとしている人……。彼らにとって、看護婦さんたちの笑顔だけが心のよりどころであることが、君子にもすぐに感じ取れたのだった。

君子は完全に圧倒されていた。そこはまだ、戦場そのものだったのだ。彼らはまだ、戦っている。そして看護婦さんたちも、そこで戦っていた。戦時下の看護婦さんは軍人同様、彼女たち自身も戦う兵士なのだ。君子はそう確信した。そしてこんな時こそ、即戦力の看護婦が絶対的に必要なことも簡単に理解できた。

「君ちゃん、大丈夫？」

竹光さんの言葉で、君子ははっと我に返った。

「は、はい。大丈夫です。でもうちゃあ、びっくりしました。看護婦さんがこんなに大変な仕事じゃとは……」

君子は正直に自分の思いを伝えた。

「そうね。それがわかってもらえたのなら、今日ここに案内したかいがあったというものだわ」

竹光さんが病院に来て初めて笑顔を見せる。

「それからね」

竹光さんはさらに続けた。

「今はこんな時代だけど、患者さんには区別も差別も決してあってはいけないのよ。どんなお金持ちも、どんな貧乏な人も、日本人でも、アメリカ人でも、イギリス人でも。目の前に病んでいる人が、傷ついている人が居たら、全力で看護にあたる。それが本当の看護婦というものだと私は思っているわ」

鬼畜米英を国中が声高に叫ぶこの時代に、陸軍病院の看護婦長さんがこのようなことを言うことに、君子は正直、驚いたのだった。

「こんなことを言うと非国民だと思われるかもしれないけどね」

君子は黙って聞いていた。

「命に国境はないのよ」

竹光さんは大きなアーチ型の窓からさみしそうに、しかし凛とした姿で外を眺めていた。


君子が英子の家に戻ってきたときには、とうに夕方の六時を過ぎていた。

「君ちゃん、遅かったねえ。どうじゃった？」

英子は晩ごはんの支度をしながら尋ねる。

「うん、いろいろ見せてもろうたんよ。看護婦さんって、すごい大変そうじゃった」

君子は少し興奮し、少し気圧《けお》された様子で答えた。

「そりゃそうよ。人様の命を預かるお仕事なんじゃけえ、しっかり覚悟を決めてからやらんとね」

「うちにできるじゃろうか……」

「できんのんじゃったら、今のうちにやめときんさい」

英子がめずらしく厳しい口調で言う。

「うちは、うちは頑張ってみる！」

「ほうね。ほいじゃあ、頑張りんさい！」

英子が微笑みながら言った。

君子は、傍らで朝に比べてうれしそうな顔をしている文子の視線に気づいた。

「文ちゃんは何しよったん？」

「うちはね、おばちゃんに髪の切り方とか教えてもろうたんよ」

「へえ、すごいね！」

「文ちゃんはなかなか筋がええけん、立派な髪結いさんになれるよ」

英子にそう言われて文子は照れたように下を向いていたが、どこかうれしそうだ。

「文ちゃん、すごいじゃん！」

「上手になったら、君ちゃんの髪も切ってあげるけんね！」

「うんうん、うちゃあ、楽しみじゃあ」

君子がとてもうれしそうに笑う。

「君ちゃん、ありがとね、広島に連れてきてくれて。ほんまに来て良かった」

文子は笑顔で君子にお礼を言った。英子はそんな二人をいつまでも愛おしそうに眺めていた。


翌六日は朝から晴れ渡り、雲一つない青空がどこまでも続いていた。

「おばちゃん、おはよう」

「ありゃ、君ちゃん早起きじゃねえ。まだ六時じゃが、もうちょっと寝とりゃあえかったのに」

英子が朝の味噌汁を作りながら言う。

「なんか、昨日はちょっと興奮して、あんまり眠れんかったんよ」

「ほうねえ、病院を見せてもろうたけかね」

「うん、たぶんそうじゃと思う」

「文ちゃんは？」

「文ちゃんはまだ寝とるよ。昨日は夜遅くまで、将来のことを二人で話しとったんよ。文ちゃん、おばちゃんにいろいろ教えてもろうて、すごい喜んどったよ」

「ほうね、そりゃあえかった。うちで修業すりゃあええね」

「あんなにうれしそうな文ちゃん、久しぶりに見たわあ」

君子は心の底からそう感じていた。いつも家の仕事に明け暮れ、自分のことを顧みる時間などまったくなかった文子にとって、今回、広島に来たことは格別なものになったに違いない。

「早う、戦争が終わりゃあええのにね」

「ほんまにね」

二人はどちらからともなくそう呟いた。

「おはようございます」

しばらくすると、文子がすっきりとした顔で起きてきた。

「おはよう」

「おはよう、文ちゃん。寝れた？」

「うん。なんか、久しぶりにぐっすり寝た」

文子は自分の家では、いつも幼い弟や妹の世話でゆっくりできないのだろう。

「えかったね。朝ごはんできとるけん、二人とも顔洗ろうて食べんさい」

「は～い」

二人は我先にと洗面所へ駆け出していく。


「ああ、おいしかったあ！」

「ごちそうさまでした！」

文子は手際よく茶碗を下げ、ちゃぶ台を布巾《ふきん》で拭いていく。

「文ちゃん、すごいねえ」

「ええ、なんで？」

「君ちゃんも文ちゃんのこと見習わんにゃね」

「うちは、いつも自分がしよるけん……」

文子はいつも体の弱い母親の代わりをしており、家事の一切はお手のものである。君子は末っ子で母も健在であり、まだ甘え放題であることを自覚せざるを得なかった。

朝食の後片付けを手伝い、二人は帰り支度をして名残惜しそうに英子に挨拶をした。

「おばちゃん、ほんまにありがとね。すごい、うれしかった」

「ありがとうございました」

文子も横で頭を下げる。

「またいつでも来んさいよ」

英子は目を細めながら二人に言った。

「そうそう、ちょっと待ってよ」

英子は部屋の中に戻り、小さな袋を持ってきた。

「はい。これ、文ちゃんに」

英子が袋を文子に手渡す。

「おばちゃん、これ、何？」

文子がそう言いながら袋を開けると、そこには髪切り用のはさみが入っていた。

「それで時々練習しんさいね」

英子が髪を切る仕草をしながら文子を励ます。

「おばちゃん……」

文子は涙を浮かべて、深々と頭を下げている。

「文ちゃん、えかったね」

君子もうれしくて、横で微笑んでいる。

「うん」

文子ははさみを握りしめて、何度もうなずいた。

「それじゃあ、おばちゃん、またね」

「ああ、二人とも元気でね。お母ちゃんによろしゅう言うといてね」

そう言いながら小さく手を振った。

しかしこれが永遠の別れになろうとは、英子も二人も、そのときは思いもよらなかったのだった。


二人が袋町の電停から広島駅行きの市電に乗ったのは、八時少し前だった。市電はすでに通勤客で混み合っている。

「君ちゃん、ありがと。うちゃあ、うれしかった」

文子は本当にうれしそうだ。

「うちは微妙かも……看護婦さんは大変じゃあ」

「でも、それだけやりがいがあるじゃろう？」

「うん。うちも、やっぱり頑張る！」

君子も竹光さんに言われた言葉を思い出して、自分に言い聞かせるように言った。
電車は紙屋町《かみやちょう》から八丁堀を通過し、稲荷町《いなりまち》の大きなカーブを曲がると広島駅はもうすぐだ。

そのときだった——。
悪魔が底意地悪く微笑み、〝太陽の破片〟がヒロシマに襲いかかった。

目の前は真っ白になり、耳が一瞬にしてまったく聞こえなくなった。
そして、君子はそのまま気を失った。

君子が意識を取り戻すと、その上には誰だかわからない、男か女かさえもわからない人間らしきものが覆いかぶさっている。何か声を出そうとするが、胸が圧迫されていて到底無理だ。かろうじて動く左手で這い出そうとするが、それもできそうにない。
覆いかぶさっている塊に手をかけると、何かがずるっと剥《は》げて君子の手にへばりついた。右目は腫れた瞼《まぶた》で覆われてよく見えなかったが、左目でそれを確認したとき、君子は悲鳴を上げた。それは、眼球がついた顔の皮膚だったのだ。君子は反射的に埃《ほこり》まみれの電車の床にこすりつけたが、自分の手からなかなか離れてくれない。人間の脂がまとわりつき、自分の手や指の中に浸み込んでいくようだ。

君子はようやく辺りを見渡せるようになると、動いている人や物は何もないことに気づく。かすかにうめき声が聞こえるだけだ。

「文ちゃん？　文ちゃん？」

君子は必死で文子の姿を探そうとするが、車内はぐちゃぐちゃに破壊し尽くされ、窓ガラスはほとんどすべてが割れて窓枠から吹き飛んでいる。そんな車内には多くの人たちが積み重なるように倒れているため、文子がどこ居るかまったくわからない。

一人の男が車内に入ってきて声をかけてきた。

「誰か生きているもんはおるか⁉」

君子は必死に声を絞り出そうとする。

「助けて……助けてください……」

消え入るような声を出すのが精いっぱいだったが、君子はなけなしの力を振り絞り、左手をできるだけ高く上にあげた。

「大丈夫か！」

男が上の塊を足で蹴とばし、君子を引きずり出す。

「大丈夫か!?」

「ありがとうございます……」

君子はその男の人に助け出されたこと、自分が生きていることをぼんやりと感じていた。そしてしばらくすると、自分では大丈夫と思って上にあげた左手が、ひどいやけどを負っていることをそのとき初めて知った。幸いにも上に覆いかぶさっていた人たちのおかげで、そのほかの体のやけどは軽いようだ。しかし顔が腫れ上がり、右目はほとんど見えない。全身傷だらけだったが、幸いにもなんとか立って歩くことはできそうだ。

車内には座ったままの死体が多く、中にはつり革にぶら下がったままの人もいる。それでも、生きている人もわずかにいるようで、か細いうめき声が聞こえてくる。

君子はようやく立ち上がり、電車の外に出た。辺りを見渡すと、天から雲が地上まで降りてきてその中に圧迫されているような錯覚を覚えた。街の中は火や煙の海で見通しがまったくきかず、とにかく、焼けるように熱い。

君子は必死に文子を探した。さっきまではまったく出なかった声を振り絞り、君子は叫び続けた。

「文ちゃん！　文ちゃん！　どこね？　返事しんさい……文ちゃん……」

君子は途方に暮れながら、辺りをいつまでも探し続けた。

喉が渇いて仕方がない。黒焦げになった死体らしきものが電車の中から点々と外に倒れ、炭になった塊があちこちに散らばっている。内臓が飛び出た姿で息絶えている女学生、柱が腹に突き刺さったまま死んでいる中年男性、黒く焦げた赤ちゃんを抱く母親、泣かない赤ん坊……。母親が「起きてや！　起きてや！」と叫び続けていた。

君子は重い足を引きずりながら少しずつ、少しずつ歩き、猿猴川《えんこうがわ》のたもとにたどり着いた。橋の鉄の欄干は溶けてしまって大きくぐにゃぐにゃに曲がり、そこに半分溶けかかった犬がへばりついている。ようやく雁木を下りて川に手を浸してみると、その水は熱くてどうにもならなかった。

ふと川を見回すと、人の死体だけでなく牛や馬などの死骸も無数に流れている。それを見た君子は、川に浸した手を反射的に撥《は》ね上げた。死体同士がぶつかり、無数の死体が上流へ、そして下流へと流されていく様は、まさに地獄そのものだった。それでも、君子は水を飲まずにはいられなかった。血膿《ちうみ》の混じった水を君子は飲んだ。いつまでも飲み続けた。そして何度も吐き、それでも君子は飲み続けるのだった。

八月の強い日差しで死体の腐乱は一気に進み、死臭が嫌でも鼻を突く。同じように水を飲もうとする男に突き飛ばされ、君子は後ろに倒れ込んだ。その男は一口だけ水を飲むと、そのまま川の中に倒れ込み、そしてそのまま二度と動くことはなかった。君子は人が死ぬ瞬間を初めて見たのだった。その男が居たところにはすぐ別の女が座り、顔を水につけていた。そして、その女もまもなく動かなくなった。君子は座ったまま後ずさりする。何かが手に触れて振り返ると、それは焼け焦げた男とも女ともわからない死体だった。反射的に君子は手を振り払い、傍らにある焼け残ったヨモギを無我夢中で傷口に押し付ける。しかし、そんなことで血は止まるはずもない。

川辺は水を求める人であふれかえり、何重にも人垣ができている。入り込める隙間はまったくなく、君子は痛い足を引きずりながら、文子を探すために乗っていた電車のところに戻ることにした。

まさに同じ道を通ってきたはずなのに、辺りの様相は大きく一変していた。君子と反対方向の川に向かう人々は一様に熱線で焼けただれ、肩や腕から溶けた皮膚と筋肉が垂れ下がっている。すでに死んでいるであろう小さな女の子を背負いながら川に向かう女の顔も黒焦げで、足の片方がちぎれているおじいさんが這いずりながら必死に水を求めている。まだ若かったであろう母親は、乳飲み子と思われる小さな塊を抱えるように地に伏せて死んでいる。わずかに焼け残った幼子の指先は、母の二の腕に小さく深く食い込んでいた。

無数に散らばっている死体の間を歩き続け、君子はなんとか電車の近くまで戻ることができた。あちこちで火の手が上がり、すべての建物が無残に崩れ落ちている。電車は焼けて赤くなり、そして黒くなっていた。

君子は死体の山を踏み越えながら車内に入っていく。文子が座っていた前から二番目の窓際の席には、もちろん文子の姿はない。すると突然、竜巻のような突風が吹いて雹《ひょう》が降ってきた。

「文ちゃん！　文ちゃん！　どこにおるんね！」

君子は声にならない声で叫び続け、その脇をものすごい数の幽霊が通り過ぎていく。みんな皮膚がなく、全裸で全身が赤く腫れ上がり、痛みのせいなのか手を脇に付けることができず、手を前に出して歩く様は、幽霊としか思えない。崩れ落ちたがれきをかき分けて、君子は必死で文子の姿を探す。ちぎれた腕や焼け焦げた足がいくつも散乱しているのだが、君子はそのうち気にならなくなっていた。

「文ちゃん！　どこね！」

君子は叫び続ける。

そのとき、文子のよれよれの鞄とおぼしきものが目に留まる。

「文ちゃん⁉」

君子は必死に周辺を探す。焼け焦げたトタン板の隙間から、見慣れた制服の袖が見えた。君子は必死にトタン板を持ち上げようとするが、左手が思うように動かず、一人では到底持ち上げることができない。通りすがりの人に助けを求めてみるが、みんなうつろな目をしていて返事などまったくない。

「お願いします！　お願いします！」

君子は必死で助けを求め続ける。

そんな必死の思いが通じたのか、若い男女の二人が声をかけてくれた。

「どしたんね?」

「うちの友達が、文ちゃんが、この下敷きになっとるんです……お願いです、助けてください……」

君子は声を絞り出しながら二人に訴える。

「よっしゃ、あんたはそっちを抱えんさい。わしがこっちからトタンを起こしちゃるけえ」

「ありがとうございます……」

君子は涙ぐみながら頭を下げる。

「昌子、おまえはそっちを持て」

若い男が妻と思われる女性に指図する。三人はありったけの力を振り絞り、トタン板を持ち上げようとするが、電柱が上にのしかかっていてなかなか持ち上げられない。

「こりゃあ、だめじゃ」

「うちがトタンをちょっと持ち上げるけえ、二人でその子を引きずり出しんさい」

女もなんとかしたい一心なのだ。

「おお、それしかないの」

トタンを持ち上げてわずかにできた隙間から、男と君子はありったけの力で文子を引っ張る。

ようやく文子の上半身までトタンから出すことができたと君子は思った。しかし、そうではなかった。

下半身は、お腹の下辺りから先がちぎれて電柱の下敷きになっていたのだ。そして、君子が引っ張った左手は、そのまま皮膚と筋肉がひと固まりになって、抜けるように剥がれていた。

二人の若い男女は何も言葉を出せず、ただ静かに手を合わせてその場を立ち去っていった。

「文ちゃん？　文ちゃん？　どしたんね……文ちゃん、死んだら、死んだらいけんよう！」

君子は声にならない声で絶叫した。

文子の顔は大きく崩れ、目の玉が飛び出して頬骨《ほおぼね》の上にかかっている。

「文ちゃん、文ちゃん、嫌じゃあ！」

君子はその場に崩れ落ちるように座り込み、いつまでも泣きじゃくった。

いつまで泣いても、文子は戻ってこなかった。文子の右手は、おばちゃんからもらったはさみの入った袋をぎゅっと握りしめている。黒く焼け焦げていたが、それでも文子はそれを決して離そうとしていなかった。髪結いさんになる夢と希望を、ぎゅっと握りしめていたのだ。

ふと気が付くと、辺りは日が暮れかけていた。君子の顔は腫れが一段とひどくなって右目はまったく見えなくなり、耳もよく聞こえなくなっていた。やけどの痛みもだんだんとひどくなってきて、喉が乾ききって声も出てこない。このまま死んでしまうのだと、君子は思った。

それでも、君子は音戸に帰りたいと思った。おじいちゃんや、お父ちゃんや、お母ちゃんや、そしてお兄ちゃんの顔が目に浮かぶ。君子は文子の右手からはさみを離し、そして、わずかに焼け残った文子の髪を切った。

「文ちゃん。うちが、文ちゃんをきれいにしたげるけんね……」

君子は文子の髪を整え、形見として切った髪を焼け残った袋に包んで胸に収めた。もう流す涙も出てこない。夢か現実か、区別ができなくなっていた。きっとこれは悪い夢に違いないと何度も思ったが、いつまでたっても覚めることはないのだった。


電車の外で雨が降っている。それは、黒い雨だった。

空を見上げると黒い雲がもくもくと湧き上がり、街の中心部から北の方角に向かって不気味に広がっている。黒い雨の正体は、爆風によって地上から巻き上げられた塵泥《ちりひじ》や、その後にいたるところで発生した火災による煤塵《ばいじん》が上空の雲の中に取り込まれ、それらがねばねばした黒い泥状に変化したものだった。生き残った雲の下の人々は埃や血や、そして、この黒い雨で体を真っ黒にしながら、水を求めてどこまでも歩き続けていた。

辺りはすっかり暗くなっていた。

あちこちに上がる火の手だけが、街をともす明かりの代わりになっている。君子はようやく立ち上がったものの、途方に暮れていた。どこに行けばいいのだろう……どうすれば音戸に帰れるのだろう……。袋町のおばちゃんのところに戻ってみようかとも思ったが、辺り一面が焼け野原で、ここがどこだかまったくわからない。そこに、人間が生きる街や場所は存在しなかった。

とりあえず、広島駅に向かってみるしかない。電車が動いているとは到底思えなかったが、ほかに行くあても考えも思い浮かばなかった。

君子は、再び猿猴川まで来てみた。栄橋《さかえばし》から川面を見てみると、そこはまさに地獄だった。体のほとんどがずる剥けになり、男女の区別さえも到底できないたくさんの死体が漂っている。というより、肉の塊が大きく膨れ上がって、辺り一面に悪臭が立ち込めている。地獄の臭いとはこのようなものなのだろうか……。これらの死体は、このまま海に流されて魚のえさになるのだろうか、それとも、海にはもう魚すらいないのだろうか……。

川に下りる石段には、学徒動員と思われる小学生くらいの子どもたちが、重なり合って死んでいる。川土手や、そして川の中にも数限りない死んだ子どもの死体が焼け焦げた丸太のように浮きつ沈みつ、川下に流されていく。どの顔も真っ黒に炭化しており、区別がまったくつかない。そんな中、生き延びた人たちがその脇で物も言わず、水をむさぼっている。

橋を渡り切ったところに一組みの親子がいた。顔に大やけどを負った子が、「かあちゃん！

かあちゃん！」と、泣いて取りすがっている。しかし、母親は変わり果てたその姿から、わが子とはどうしても信じられない様子だった。

「かあちゃん！　わしじゃあ！」

子どもが泣きながら母親に訴える。そして、まもなく動かなくなった。母親は、言葉にならない何かをわめきながらその子の亡骸《なきがら》を抱きしめ、そして、そのまま川に飛び込んだ。君子は、思わず目を背けずにはいられないのだった。

君子はどこをどうやって歩いてきたのかわからなくなっていたが、立ち込める粉塵《ふんじん》とこの世のものとは思えない悪臭の中、どうにか広島駅までたどり着いた。当然、電車は動いていない。駅は焼け出された多くの人が詰めかけてごった返している。しかし、ホームには焼けて赤くなった電車が停まっているだけで、動く気配はない。構内には行き場を失った人たちが横になってうめいている。中には死んでいる人もいるのだろうが、区別がつかない。

柱の陰に座ろうとした君子が中年の男に突き飛ばされる。

「ここはわしの場所じゃ！」

その男は君子をにらみつけながら横になる。君子は言い返す気力もなく、おずおずと立ち上がった。

「こっちへ来んさい」

そのとき、知らないおばさんが声をかけてくれた。

「すいません……」

「大丈夫？」

「はい……」

君子はいつのまにか泣いていた。

「泣きんさい。しんどいときは泣きんさい」

おばさんがやさしく抱きしめてくれる。

「あんた、どっからきたんね？」

「うちは……音戸から来ました」

「ほうね。うちゃあ、三次から来たんよ」

その女性は二、三日前に広島の娘さんに会いに来たといい、六日に三次に戻る予定だったようだった。

「あんた、一人で来たん？」

君子は返事に詰まる。

「うちゃあ……うちゃあ、友達と一緒に来ました……」

君子はそう口に出すのが精いっぱいだった。おばさんはそれ以上、尋ねてこない。

「何が起こったんじゃろうかね……」

おばさんがぽつりと呟くと、

「アメ公が新型爆弾を落としやがったんじゃ！」

横に寝そべっていた男が吐き捨てるように言い放った。

「新型爆弾？」

「ほいであの黒い雨はの、アメ公が空から油をまいて火をつけようとしとるんじゃ！」

「ほんまね？」

「ほうじゃ……そのせいでうちの娘は死んだんじゃ……」

男はこぶしを握り締めて絞り出すように言うと、低い嗚咽《おえつ》を漏らした。君子もおばさんも、かける言葉が見つからない。

新型爆弾。

これまでは広島だけは大丈夫だと思っていた。「仏さんが守ってくれとるんじゃ」とみんな信じていた。兄ちゃんがそう言うとった。君子もその言葉を信じて疑わなかった。それなのに、広島は爆弾で一瞬にして死の街になっている。君子の周りでも、一人また一人と、次々に人が死んでいった。そのたびに、家族の名前を呼ぶ悲痛な声が嫌でも耳をつく。いっそのこと、耳が聞こえなくなればいいのにと思った。目が見えなくなればいいのにと思った。

わが子の名前をいつまでも呼びながら叫んでいた母親が、だんだん途中から明らかにおかしくなっていく。大きな笑い声を立てながら死んだわが子の死体を片手に持ち、大きくぐるぐる回しながらどこかへ立ち去っていった。

「今日はもう電車は出んけえ、ここで休もうや」

おばさんが疲れ切った顔をしながら横になる。火の手はいつ迫ってくるかわからないが、君子はもはや動く気力も体力もなく、おばさんの傍らに横になった。固いコンクリートの上でやけどの痛みに耐えながら、それでも君子はいつしか眠りについた。


君子は夢を見ていた。

それは、戦争が起こる前の幸せな日々だった。食卓には真っ白いごはんとお魚の煮つけ、小イモの煮物、鯛のお刺身まで所狭しと並んでいる。

「君子、いっぱい食べんさい」

お母ちゃんが満面の笑顔で言う。

「うまそうじゃのう」

兄ちゃんが我先にと箸をつける。

「こりゃ、徹！　おじいちゃんとお父ちゃんが先じゃろ！」

お母ちゃんが兄ちゃんの頭を小突く。

「痛って！」

兄ちゃんが頭を掻きながらぼやく。そんな風景を、おじいちゃんがやさしく見守ってくれている。

いつのまにか、君子は文子と平吉と海で遊んでいた。平吉がいつものように、二人に水をかけてからかう。

君子と文子は、

「もう、平吉のばかたれ！」

と言いながら反撃に出る。

二人から仕返しされた平吉は慌てて逃げ出し、沖の方へ泳いでいく。そして、いつのまにか平吉も文子も姿が見えなくなっていた。


目が覚めると、男やおばさんの姿はなかった。人々は折り重なって、死んだように眠っている。あるいは、死んでいるのかさえわからなかった。

君子は熱い空気が全身を覆っていくのを感じ、周りを見まわした。街を焼き続けている炎が、広島駅にまで迫ってきているのだ。生き残った駅員たちが懸命に消火に当たり、避難を促している。しかし動けない人も多く、助けを求める叫び声がむなしく響くだけ……。なんとか動ける人たちは助け合いながら、あるいはほかの人を踏みつけながら、今にも崩れ落ちそうな駅舎から逃げ出していく。

君子も大人にもみくちゃにされながらも、なんとか駅舎の外に出ることができた。その直後、駅舎は大きな音を立てて崩れ落ち、埃と煙と炎の中、辺りは再び真っ暗になった。

君子は逃げた。とにかく逃げ続けた。痛い足を引きずりながら、それでもやっぱり死にたくないと思った。他人を突き飛ばし、踏みつけ、罵声を浴びせられてもとにかく逃げ続けたのだった。

「うちゃあ、生きるんじゃ！　死んでも生きるんじゃ！」

君子は自分自身に強く言い聞かせた。

気が付くと、饒津《にぎつ》神社の境内の近くまで来ていた。

すぐ後ろを、ザラザラと何か引きずっている人が居たのでぼんやり見てみると、焼けただれた皮を全身から垂れ下げている人だとわかったが、もはや驚くことさえない。

君子は、猛烈に空腹感を覚えた。考えてみれば、昨日の朝ご飯を食べてから何も食べていない。死臭にまみれた汚い川の水をわずかに口にしただけだった。神社の脇に畑があったが、植えてあったであろう作物は、すべて焼けて灰になっている。大きなクスノキの一部が少し焼け残っているだけだった。

落胆して畑から目をそらしかけた君子の視界の中に、一本の細いツルのようなものが目に入る。

「イモじゃ！」

農家育ちの君子には、そのツルがサツマイモだとすぐにわかった。葉は焼けているが、地中にはイモが残っているのかもしれない。

君子は必死で土を掘った。

「あった！」

コロコロと出てきたサツマイモに、君子は反射的にかぶりついていた。土や埃はまったく気にならない。

「甘い……」

君子は夢中で食べ続けた。大きなイモを二つ無我夢中で食べ続け、そして何回もむせたが、生のイモでさえおいしかった。座り込んだまま、君子は自然と涙が出てきた。君子はさらにイモを三つほど掘り起こし、スカートのポケットに詰め込んだ。

お腹が膨れると、今度は無性に喉が渇いてきた。神社の敷地の隅に防火水槽を見つけた君子は、吸い込まれるようにそこへ歩いていく。しかし、そこは死体の山だった。頭のない赤ん坊を背負ったまま、血だらけの女が突っ伏している。みんな水を飲もうとしたのだろうか、頭から水槽に突っ込んでおり、飲めそうな水はそこにはまったく残っていない。

途方に暮れた君子は仕方なくそこを離れ、小高い丘の方へ歩いていった。上り坂はこの上なくきつかったが、街の中は火の手が迫り、どこに居ても焼き殺されそうだった。

「音戸に帰りたい……」

君子は歩きながらまた一人で泣きじゃくるものの、声をかけてくれる人などいるはずもない。君子は重い体を引きずりながら小高い丘に登った。今はいったい何時なのかさえ、まったくわからない。それでも少しずつ、また日が暮れてくる。夕焼けと、そしていつまでも燃え続ける炎で、空や街はどこまでも真っ赤だった。

「きれいじゃ……」

不謹慎にも君子はそう思った。破壊され尽くした街は、どこか美しい感じがしたのだ。究極の恐怖と絶望は、まっとうな感性さえ奪い取ってしまうのだろうか。崩れかけた石段をなんとか上りきると、焼け残った草むらが見えた。君子は大の字になってそこに横たわった。

もう、歩けない。もう、動けなかった。

君子はけたたましい空襲警報で目を覚ました。

「ここまで破壊し尽くしておいて、まだ攻撃してくるのだろうか、もう、何も残っていないのに……」

必死に防空壕を探してみるが、辺りはすっかり暗くなっていて周りがよく見えない。草むらを這いながら進んでいると、君子は突然、深い穴に落ちた。

「い、痛い……」

腰を思いっきり打ちつけ、君子は穴の底にうずくまった。しばらくはそのまま動くことができず、その間も空襲警報は鳴り続けている。君子は痛む腰を押さえつつわずかな隙間から空を見上げると、飛行機が二、三機、上空を旋回している。それは攻撃用ではなく、偵察機のようだ。飛行機は爆弾を落とすことなくしばらく上空を旋回した後、南の方角へと飛び去っていった。焼け野原となった広島の街をあざ笑うかのように、そして、見下すかのように飛行機は去っていく。

「なんじゃあ、偵察機か、びっくりさせてから……」

君子はようやく安心して、その場にへたり込む。

それにしても、奇妙な防空壕だ。入り口は草木で上手に隠され、穴は入り口から真下に掘られてあり、その奥に狭い空間が作られてある。中は真っ暗で、まったく何も見えない。

ほかに行くあてもない君子は、今晩はここに寝ることにした。

「お母ちゃん、うちゃあ、早う帰りたいよ……」

君子がそう呟いたときだった。奥の暗がりで何か物音がした。

「何？　誰か、居るんですか？」

恐る恐る声をかけるが返事はない。防空壕だから誰か居ても不思議ではないが、こんな暗がりで一人ぼっちの状況は、まだ中学生の君子には耐えがたいほど恐ろしいものだった。

「あのう、誰か……」

君子がさらに奥の暗がりを覗《のぞ》いた瞬間だった。一人の大きな男が君子の体を押さえつけ、首元に刃物を突き付けた。わずかな月明かりで見えたその男は、金色の髪の毛で青い目をしていたのだ！

君子は一瞬で気を失った。

どのくらいの時間がたったのだろう。

君子はようやく意識を取り戻した。しかし、まったく身動きができない。両手を後ろ手に縛られ、口にはさるぐつわをされていた。君子には抵抗する力など到底なく、抵抗したところで殺されるのだろう。いや、抵抗しなくても……。

君子はうつろな目をかすかに開け、傍らにいる大男に恐る恐る視線を向ける。男は座っているため背の大きさはわからないが、手足が長く体つきは日本人に比べてはるかにがっしりしている。そして、日本人とは明らかに違う匂いがした。

男は君子が意識を取り戻したことに気付くと、一瞬、緊張した表情を浮かべて刃物に手をかける。しかし、君子の怯えた顔を見てまだ幼い女学生であることを悟ると、男は刃物にかけた手を戻し、そして、君子の頭に触れた。

君子は殺されると思い激しく抵抗したが、思いもよらず、男から頭をやさしく撫でられた。

びっくりした君子はぎゅっとつぶっていた眼を恐る恐るゆっくり開くと、男の大きな顔が目の前にある。目は澄んだ青色で突き出した鼻は高く、唇は薄い。その目は思ったよりやさしいものだ。君子は恐怖や緊張でまったく言葉を発することはできなかったし、小刻みに震える体を押さえることができなかった。

男はなおも君子の頭を撫でる。あたかも彼女を安心させるかのように思える。君子はさっきから、ひたすら泣くばかりだ。しばらくすると男は君子のさるぐつわを外し、縛ってあった縄を切って君子を自由にしたのだった。それでも君子はまったく動くことができず、泣き止むこともない。男が何か言葉を口にしているが、君子にはまったく理解ができない。しかし、君子を懸命にいたわろうとしていることだけはなんとなく感じられた。

男が君子の肩をやさしく、そっと触れる。驚いたことに、男も泣いていた。君子はためらいながらも、男の頬に流れる涙をそっとぬぐってあげる。男はやさしく微笑み、不思議なことに君子も同じように微笑んでいた。

君子は今は何も考えられず、頭が混乱しているのと体が疲れ果てているのとで、何もかも諦めて静かに目を閉じた。そして、そのまま深い眠りについた。

男も同じように、静かに目を閉じたのだった。

君子は目を覚ました。

穴の入り口からは朝日が差しこみ、中はむせ返るような饐《す》えた匂いと湿気でこの上なく不快だった。男はまだ眠っているようだ。一刻も早くここから逃げ出さなくてはと思ったが、男の腕が首に回されていて、今動くと男が目を覚ましてしまうに違いない。大きな声で誰かに助けを求めようとも考えたが、穴に気付いてくれる人などいないと思ったし、仮に誰かが気付いてくれたとしても、きっとその場で殺されてしまうだろうとも思った。君子は諦めて、もう一度目を閉じる。

しかし君子の頭には、昨夜の男のやさしい笑顔が不思議と残っていた。

再び目を覚ますと、君子は男の膝枕で横になっていた。男は再び、君子の髪をやさしく撫でる。君子は少しだけ微笑んで、ゆっくり起き上がる。真夏の日差しはかなり厳しく、壕の中はものすごい暑さだ。

君子は男が右足に大けがをしていることに初めて気が付いた。昨夜は暗くてよく見えなかったが、右足は膝から下の骨が見えるくらい傷が深い。膝上辺りは血を止めるためだろうか、きつく縄で縛られてある。男はまったく動けない様子だ。これなら逃げられるかもしれないと思ったが、逆にこのままにしておいたら、男はここで死んでしまうとも思った。

君子はスカートのポケットから、昨日掘ったサツマイモを取り出して一つ男に渡し、自分も一つ口にした。男はむさぼるようにイモを食べている。君子は残っていた最後の一つを渡すと、男はあっという間に二つのイモをたいらげ、そして、目からは涙が溢れていた。男は君子に向かって、手を合わせて泣き続けた。

ところが驚いたことに、男はかたことの日本語を話し始めた。

「アリガト、アリガト……」

男は泣きながら何度も呟く。

君子は改めて男の顔や姿を見てみると、まだかなり若そうだ。君子は肩を何度もさすり、「大丈夫、大丈夫」と声をかけると、男は声を上げて泣いた。泣き声は日本人のものとまったく同じだ。

男はもう一度君子を抱きしめ、ここから出ていくように手を振っている。何もかも諦めきったような男の顔を見ると君子は一瞬ためらったが、それでもゆっくりと穴から出ていった。おそらく男は、君子が警察などに通報し、自分の身がどうなるかを悟っていたのではないだろうか。

穴から出てみると、地獄の様相はまったく変わっていなかった。

君子が落ちた穴は思ったより人目につかないところにあり、周りには誰も居ない。狭くて暑い穴から出て深呼吸をすると、焼け焦げた臭いが一気に肺の中に入ってくる。君子は思わず咳き込んだ。

これからどうしよう、どうしたらいいんだろう……。憲兵に言わなくてはならないんだろうか、そうすれば男は捕まって殺されるのだろうか、男はいったい何者なんだろう、アメリカ兵なのだろうか……。君子の頭の中は混乱していた。自分は男にイモをあげたから、非国民として捕まるんじゃないかとも思った。何より、自分が通報することで一人の人間が殺されてしまうのではないかと思うと、君子はどうしても誰かに男のことを話す気になれなかった。

男は足に大けがをしている。あのままだとおそらく、あの暗い穴の中で一人で死んでしまう。男がどこから来て何のためにあそこにいたのか、わかるはずもない。君子にわかっているのは、あのままでは男が確実に死んでしまうことだけだ。そして、竹光さんの、

「君ちゃん。今は戦争をしてて、敵味方に分かれて戦っているけど、病人やけが人には国境はないのよ」

という言葉が頭によぎる。

命に国境はない。

こんな当たり前のことが、この時代には言葉に出すことはタブーなのである。鬼畜米英であり、連合国の兵隊は鬼であり、畜なのである。

君子は丘の上の方へ向かい、しばらくぼうっと座っていた。

何が起こったのか、現実だったのか、もはや何もわからなくなっていた。もしかしたら夢だったのかもしれない。というより、今のこの現実が、本当は全部夢なのかもしれない。いや、そうであってほしいと願った。文子が死んだことも理解ができないし、到底、受け入れることができない。ただ、君子の服の中に眠っている文子の髪だけが、現実を物語っているのだ。

君子はそれから、行く当てもなくひたすら歩き続けると、いつのまにか例の畑に着いていた。君子は夢中でイモを掘った。自分の分と、そして男の分を。スカートのポケットと胸の服の間にできるだけイモを詰め込む。そして、必死で水を探した。防火水槽は死体の山だろう。君子は井戸を求めて歩き回った。丘を下ってみても、そこは死体と幽霊と焼け野原があるだけだ。

痛む足を引きずりながら丘をさらに登っていくと、周りにいくつかの死体が転がっている。街の火の手から逃げ出してきたのだろう、ほとんどすべてが全身に大やけどを負っていて、死体には無数のハエがたかっている。悲惨な光景にさすがに目を背けずにはいられず、鼻と口を覆う。死体から漂う肉の腐った臭いは、到底、耐えられるものではなかった。

丘を登り切ると市街地が一望できたが、もちろんそこには何もなかった。わずかに焼け残った建物から、途切れることなく煙柱が立ち上がっている。

西の方角を見てみると、焼け残った産業奨励館がドームだけの哀れな姿になっていた。あの向こう辺りがおばちゃんの家があった袋町のはずだが、すべて焼け尽くされて何も残っていない。おばちゃんが生きているとは到底思えなかった。例の黒い雨のためだろうか、周辺の木々の葉はすべて真っ黒になっている。

そこから反対側に少し下ったところに、君子は古い小さな井戸を見つけた。それは人が入れるような大きなものではなく、つるべがかろうじて出し入れできる程度の小さなものだった。君子は中を覗き込んでみたが、水が残っているかどうかはわからない。取りあえずつるべを落とし、そして引き上げてみる。

「水じゃ！」

君子は思わず大きな声を上げた。

浮かんでいる葉やごみを取り除くと、それはきれいな水だった。猿猴川や防火水槽の水とは全然違う、澄んだ水だ。君子は桶の中の水を一気に飲み干し、そしてもう一度つるべを落とした。何回それを繰り返しただろうか、ようやく喉の渇きが、いや体の渇きが潤された気がしていた。水がこんなにおいしいと思ったのは初めてだ。心から生き返ったような気がした。体中があちこち痛むが、それでも、少しだけ力が湧いてくるような気がしていた。

君子は拾ってきたやかんに水をいっぱいに入れ、男が居る穴に戻ることにした。なぜ行こうとしているのかは自分にもわからないが、そうしないといけないと思ったのだ。これ以上、人が死んでいく光景を見たくなかった。それが日本人でも、そうでなくても……。男は自分のことを一切傷つけはしなかったし、自分も男を見殺しにしたくないと思った。

しかしその反面、男を助けることを許せない自分がどこかにいることも、否定できない。文ちゃんのお父さんも隣のおじさんも、戦地で敵と戦っているのだ。平吉のお兄ちゃんは特攻まで志願して、命をかけて戦っている。それなのに、自分はその敵の人を助けていいのだろうか……。いくら自問自答してみても、答えは全然出てこない。

それでも君子は、イモと水を抱えて穴に戻っていった。

男がまだ生きているのか、誰かに見つかって捕らえられているのか、君子には知る由もなかったが、とにかく穴を探した。昨夜は偶然穴に落ちただけで、正確な場所はもう覚えていない。朝も逃げるようにして立ち去ったこともあり、穴を探すために何時間も山肌を歩き続けた。

そしてようやく、草むらを這いながら君子が穴を見つけたときには、陽はすでに真上に昇っていた。正確な時間はわからなかったが、お昼は過ぎているようだ。

どうやって中へ入ればいいのか、どう声をかければいいのか、君子はまったくわからない。しばらく穴の入り口で戸惑っていた君子は、ついに穴に入ろうと決心した。おそらく男は、ずっと警戒して中に潜んでいると思い、なんとか驚かせないようにそれだけを気にしながら、穴の入り口の木や草を手で押し分けた。

「あのう……」

君子は消え入りそうな声で穴の奥を覗く。

返事はない。

さらに奥に進んでみようとした瞬間、君子は首を羽交い絞めにされた。君子は必死で自分であることを知らせようとしたが、真っ暗な穴の中では到底無理だ。刃物が首筋に当てられた瞬間、入り口の草むらから一瞬陽が差しこみ、君子の泣きじゃくった顔が照らされた。男は驚いたように君子の顔を見つめる。男が慌てて手を離すと、君子は激しく咳き込んだ。男は申し訳なさそうに君子の背中をさする。そして、戸惑った表情を見せるのだった。

無理もなかった。男にしてみれば、いずれこの穴に入ってくる人間がいるならば、それは女の子が通報したにちがいない人間であり、そうなればおそらく、大けがをしていて抵抗できない男は確実に捕らえられ、殺されてしまう運命を十分に感じていたであろう。そのとき男が一瞬見せた表情を、君子はとても忘れられない。戸惑いと、あきらめと、深い絶望と、そして、ほんのわずかな希望が入り混じった、この上なく複雑な表情だった。

差し込んだ太陽の光が映し出した男の悲しげな青い目が、君子をまっすぐに見つめている。男は君子の背中をさすり続けると、君子はようやく落ち着きを取り戻した。男はほんの少しだけ微笑み、おでこを君子のそれにつける。君子も同じように微笑み、そして少しだけはにかんだ。君子は取ってきたたくさんのイモをポケットから取り出し、入り口に置いてあったやかんを持ってきた。男は水を一気に飲み干す。そして、また泣いた。今度は、君子が彼の背中をさすってあげる。

「もう泣かないで……」

君子は何度も男に言う。男もまた、何度も「アリガト、アリガト」と泣いていた。

二人は一緒にイモをかじった。男は、なぜ君子が自分を助けてくれるのか理解できない様子で、君子自身もよくわかっていなかった。しかし、二人とも戦争の犠牲者であることだけは確かであり、そして、何より二人とも生きたいと思っているのだ。

男の右足は昨日より腫れがひどくなっていた。男が胸のポケットから、何か小さい手帳のようなものを取り出す。当然、外国語で何が書いてあるのか君子にはまったくわからなかったが、身振り手振りから男がアメリカの兵士であることと、そして、男が「ジョン」という名であることがわかった。

ジョン・トンプソンは、アメリカ空軍の通信士兼狙撃手だった。

八月五日の朝、彼とパイロットのジェームスは二人乗りのSB2Cヘルダイバーに搭乗し、太平洋上の米航空母艦タイコンデロガから広島県江田島上空へと飛び立った。そこには、大日本帝国海軍が誇る軍艦利根が停泊していたからだった。

利根はセイロン沖海戦やレイテ島での戦闘で大活躍した帝国海軍屈指の軍艦である。タイコンデロガからは三十九機ほどの小型機が飛び立ち、利根に執拗な攻撃を仕掛けた。高度三千五百フィートまで急降下し、翼と胴体に搭載しているありったけの爆薬を投下した。飛行機が目標の利根に近づくにつれ地上からの対空砲火も一段と激しさを増し、そしてついに、ジョンが乗ったヘルダイバーは撃墜された。

ジェームスは必死に北北西に旋回したが、もはやコントロールできる状況ではない。ヘルダイバーは炎と黒煙を上げながら、広島市内の二葉山に墜落した。ジョンは墜落の直前にかろうじて脱出したが、ジェームスは飛行機とともに山裾に激突し、おそらく死亡したであろう。一方、ジョンは半開きのパラシュートが森の木に引っかかり、九死に一生を得たのだった。


ジョンが意識を取り戻すと、すでに辺りは闇に包まれていた。

ここがどこなのか、周りに誰かいるのか、まったくわからない。しばらくすると、ジョンは右足にかなりの傷を負っていることに気づき、自分で歩くことはできないことを悟った。それでも、ここに居続けるといつか誰かに発見され、確実に殺されるだろうと本能的に直観していた。

ジョンは最後の力を振り絞り、着ていたシャツを破って包帯代わりに傷に巻き、そして、落ちていた木の棒を杖《つえ》にして山裾を少しずつ下っていった。ジョンは小一時間ほど歩いたところで、再び意識を失った。しかしそこは、ほとんど人が足を踏み入れることのない裏山の裾だったことが、ジョンにとって幸いであった。

そして、朝が来た。

母国アメリカから遠く離れたこの広島にも、同じように朝は来た。

無数の光の筋がジョンの顔を照らし、朝露が頬をやさしく撫でたとき、彼は再び目を覚ました。同時に、この世のあらゆる絶望が彼にまとわりついていることに彼が気付くまで、さほど時間はかからなかった。それは夢ではなく、どうしても逃れようのない過酷な現実だった。

ジョンは、原爆投下の訓練だったパンプキン練習作戦に参加していた。それは、原子爆弾投下の予行演習として、テニアン島から日本の原子爆弾投下目標都市まで飛行して都市を目視観察し、その周辺で別に設定した訓練用の目標地点都市に、模擬原子爆弾、通称「パンプキン」を投下するものだった。もちろん、原子爆弾の詳細については極秘事項だったが、パンプキン作戦に参加している兵士たちの間では、何らかの新型爆弾による攻撃が近々広島をはじめ、数か所に行われることが暗黙の了解となっていたのだ。

ジョンは自分がたった一人で敵国の、それも今日、人類史上初の新型兵器が投下されるにちがいない広島の地に取り残されたことを改めて確信し、そしてその運命を呪った。あいにく、八月六日の広島の空には一点の曇りもなく快晴だった。この様子だと、新型爆弾はまちがいなく第一目標であるこの広島に投下されるだろう。

山裾から眼下に広がる広島の街は美しかった。ここは意外にも街からそう遠くはなさそうだ。遠くに走る電車の音がかすかに聞こえる。戦時下という厳しくて大変な状況であるにも関わらず、ここにはまぎれもなく人々の日常がある。

草木のガサッという物音でジョンは我に返り、持っていた銃を反射的に構える。野犬が二匹、低いうなり声を立てながらジョンの方に近づいてくる。至近距離まで近づいたとき、ジョンは銃の引き金を引く。パーンという乾いた銃声とともに玉は一匹の野犬に命中し、もう一匹は慌てて逃げ出していった。

ジョンは立ち上がる気力も体力もなく、その場に座り込む。日が昇るにつれ、夏の気温はぐんぐん上昇し、青臭い草むらの中でジョンはどんどん衰弱していた。

「水が飲みたい……」

ジョンは必死に水を探すが、山の中には井戸の一つも見つからない。再び深い絶望感が彼を襲う。ふっと目を閉じると、アメリカの故郷の懐かしい風景や両親の顔が浮かぶが、不思議と涙は出てこなかった。意識が朦朧《もうろう》としているのかもしれない。

原子爆弾を搭載したエノラ・ゲイが太平洋のはるか南方にあるテニアン島から飛び立ち、広島の上空にやってきたのは、まさにそのときだった。ジョンは山の中の木々の間から、空を飛ぶ鈍い銀色の機体を目にしたとき、すべてを悟り、そして自分の運命を呪った。

「自分はここに居る！　ここに居るんだ！　やめてくれ！」

そんなジョンをあざ笑うかのように、エノラ・ゲイは悠然と上空を舞っている。そして、その機体がはるか上空で確認された直後、太陽の破片がアメリカ空軍の兵士であるジョンを容赦なく突き刺したのだった。ジョンは爆風と熱波に吹き飛ばされ、地面に叩きつけられた。

ジョンが再び目を覚ますと、辺りは真っ暗だった。

それは日が暮れたからではない。猛烈な粉塵と、爆弾の投下で急激に発生した上昇気流が巨大なキノコ雲を形成し、太陽の光を遮ったからだ。ジョンもまた、太陽の破片に打たれた広島の人々と同じように黒い雨に打たれていた。

真っ暗な山の中に居るジョンは、途方に暮れるしかなかった。アメリカ空軍の兵士としての威厳や誇りはなく、ただ不安と恐怖だけがすべてを包んでいた。傷ついた足はどこまでも重く、全身に負ったやけどは時間が経つにつれて痛みを増していく。地べたを這いながら、宛てもなく少しずつ前に進むしかなかった。誰かに見つかればその場で殺されることは明らかだが、とにかく、這いつくばりながら前に進むしかない。

一時間、いや二時間はそのまま進んだだろうか、ジョンは突然、穴の中に落ちたのだった。そこは防空壕や貯蔵庫として掘られた穴のようだ。幸いにも奥行が深く、中に入ってしまえば簡単には見つからない構造になっていて、ジョンにとって少なからず安息の隠れ家となった。しかし遠い異国の山の中でたった一人、大けがを負ったジョンはとてつもない不安とともに穴の中で一晩を過ごしたのだった。

君子は自分を指さしながらゆっくりと、

「き、み、こ」

と彼に向かって言った。

「キ、ミ、コ?」

ジョンが戸惑いながら尋ねる。

「そう、君子」

君子は少しだけ笑いながら答えた。

ジョンは片言の日本語を話すことができた。スパイ行為のための訓練を受けていたのだろう。彼はすでに、この先の自分の運命を覚悟しているようだった。足の傷は相当ひどく、おそらく治ることはないだろう。生きて故郷に帰れることは二度とないのだということを、彼自身が一番よく理解し、そして絶望していた。

君子はジョンの足を指さしながら、

「痛い?」

という表情をしてみた。

ジョンは何も答えない。その代わり、君子の髪をやさしく撫でた。君子はそんなことを男の人からされたことがなかったためとても戸惑ったが、それは決して不快なものではなかった。

ジョンがアメリカの兵士だろうが誰だろうが、今は、こんな状況では、人のやさしさがこの上なくうれしかった。

　君子はジョンにやかんを指さしながら、水を飲む仕草をしてみた。ジョンは大きくうなずく。君子も大きくうなずいて、空になったやかんを持って再び穴から出ていった。周りを注意深く見渡し、人が居ないことを確認する。もう道に迷うこともない。君子はやかんを抱えて井戸まで急いで走った。足の痛さはまったく気にならなくなっていた。井戸に向かう途中、ありったけのヨモギを摘んでポケットに詰め込む。前に来たときほかの人に見つからないように、井戸に草をかけて隠しておいた。君子は人気がないか周りを注意深く確認し、つるべをゆっくりと落としていく。カラカラという音とともに、水の音がする。一杯目は自分が飲み干し、その後、やかんと拾ってきた桶に水を入れた。

　君子は人に見つからないように、わざと山道を選んで穴に戻っていった。入り口に着いた君子は、ジョンを驚かせないように小さなイモのかけらを投げ込む。そして、人目につかないように静かに中に入っていく。ジョンは一瞬身構えたが、君子の顔を見ると安心した笑顔を見せる。ジョンはやかんの水を飲み干すと桶の水にも手をかけたが、少しためらってそれを君子に手渡した。そして微笑みながら、君子に飲む仕草をしてみせる。君子は、自分はもう飲んだからジョンが飲めばいいと言いたかったが、どうしてもうまく伝わらない。仕方なく半分ほど飲み、残りをジョンに手渡す。ジョンは納得したように、そしておいしそうに残りの水を飲み干した。

君子はポケットの中からヨモギを取り出した。ジョンは食べ物か何かと不思議そうな顔をしながら、葉を少し手に取って口に運ぼうとする。

「ジョン！　それは違うの！」

君子が少し大きな声を出したからか、ジョンが驚いた顔をした。そして、まだ不思議そうな表情をしている。

君子は苦笑しながら、ヨモギを揉み始めた。何をしているのかわからないジョンも、君子の真似をしてヨモギを揉み始める。あらかたヨモギを揉み上げた君子はそれを丁寧に広げ、ジョンの足の傷に丁寧に貼り始めた。ジョンは何をされるのか少しおびえた様子だったが、君子が傷の手当てをしていることがわかると、静かにその仕草を見ていた。君子は丁寧にヨモギを広げ、一つずつ傷に当てていく。君子が初めて、他人に施した看護だった。

ジョンの傷はかなり深く、その一部は黒く変色していた。

「痛い？」

君子が尋ねる。

「イタ……？」

ジョンにはやはりうまく伝わらない。君子は足を指さして、痛そうな顔をしてみる。ジョンは少し理解したようだ。うなずきながら、「イタイタ」としかめ面をする。君子は思わず吹き出し、「痛い」と言い直す。それでもジョンは「イタイタ」と言うばかりだ。君子は諦めて笑うしかなかった。

ジョンの年はいくつなのだろうと君子は思った。でも、どうやって聞いたらいいのだろうか。君子はいろいろ考えたあげく、地面に自分の年を書いてみる。

「15」

そして、ジョンを指さした。ジョンは不思議そうな顔をして、君子の意図を図りかねているようだ。君子は、地面に赤ちゃんの絵を描いて「1」と付け足し、おばあさんの姿を描いて「70」と書いてみる。ようやく君子の意図を理解したジョンは英語で何かを言っているが、もちろん君子にはわからない。君子は地面に書くように指さしてみる。

ジョンは、

「21」

と書いた。文字自体は日本の数字と少し違っていたが、ジョンが二十一歳だということがわかった。

ジョンが平吉のお兄さんより年下であることに、君子は驚いていた。アメリカでもこんなに若い人が兵士になっているのだ。そして何の運命か、ヒロシマの山の中でこんなにつらい目に遭っているのだ。

しばらくすると、ジョンは身分証明書の中から何かを取り出し、君子に見せた。それは一枚の写真で、四人のアメリカ人が写っている。ジョンと、両親とおぼしき二人、もう一人は誰だろうか金髪の美しい女性が、広くて美しい庭に並んでいる。

ジョンは写真を君子に見せながら、これまでしたことのない悲しげな表情を見せた。

「お父さんと、お母さん？」

君子が尋ねる。

「オト……？」

君子は、写真の男性を指さしながら「お父さん」、女性を指さしながら「お母さん」とゆっくりと言う。ジョンはようやく理解して、今度は自分が男性を指さしながら「パパ」、女性を指さしながら「ママ」と言った。

「パパと……ママ？」

君子が繰り返すと、ジョンはうれしそうに大きくうなずいた。そうか、お父さんとお母さんは、パパとママなんだ。君子が覚えた初めての英語だった。パパは立派な髭を生やした恰幅《かっぷく》の良い男性で、ジョンと同じくらいの背丈だった。ママはすらりとした美しくやさしそうな女性で、笑顔が素敵だ。きれいな花柄のスカートを着て、ジョンに寄り添うように立っている。

「この人は？」

君子は若い女性を指さして尋ねる。

ジョンは指を重ねて、

「マリア」

と言った。

「まりあ?」

ジョンは大きくうなずく。

マリアが家族なのか恋人なのかどうかはわからなかったが、君子にはそれで十分だった。ジョンは写真をいつまでも眺めていた。そして、また涙をこぼすのだった。

君子はジョンをやさしく抱きしめた。母のように、妹のように、そして恋人のように……。ジョンは幼子のように君子にすがりつき、いつまでも泣いていた。その姿は、鬼畜と呼ばれてきたアメリカの兵士のものではなく、ただ、家族思いの若者の姿だった。君子も、お父ちゃんやお母ちゃん、おじいちゃん、そしていつも喧嘩ばかりしていたお兄ちゃんの顔を思い出し、涙が止まらなくなった。君子も、まだ甘えん坊な十五歳の女の子なのだ。


外が少しずつ暗くなっていく。

暗い穴の中でじっとしている二人は、先も見通せず途方に暮れていた。そして泣き疲れた二人は、そのままいつの間にか深い眠りについていた。昼のかしましいセミの鳴き声は、コロコロという穏やかなコオロギの鳴き声に変わっている。

先にふと目を覚ました君子は、眠っているジョンを起こさないように静かに外へ出てみた。

辺りは不気味なほど静かだ。市街地の方角を見てみるが辺りは真っ暗で、街を照らす明かりはまったく見えない。昨日まで燃えていた建物は燃え尽きたのだろうか。それでも残っている火が、わずかにぼんやりしている。広島駅の辺りもまったく明かりはなく、電車も動いているとは到底思えない。

空は相変わらず黒煙と塵芥《じんかい》でどす黒く曇っているが、それでもわずかに月と星が見えた。君子は音戸の島で見える美しい満天の星空を思い出していた。田舎の夜はさえぎる明かりもなく、どこまでも透き通っていた。戦争が始まってからは家の明かりも制限され、それがかえって夜空の美しさを際立たせた。皮肉な美しさだったが、それでも君子は星を見るのが大好きだった。

ふと後ろを振り返ると、ジョンが入り口から辺りを伺うように頭を少しだけ出している。君子は周りを注意深く見渡し、誰も居ないことを確認するとジョンに小さく手招きをした。ジョンはためらう様子を見せたが、周りを慎重に確認して穴から少しずつ出てきた。そして、傷の深い右足をかばいながら、ゆっくりと立ち上がる。ジョンは思っていた以上にはるかに背が高く、君子はジョンの胸元までもない。日本人とはまったく違う逞しい体だった。淡い月明かりに金色の髪と青い目が美しく映えている。学校の美術室で見かけた外国人の彫刻像のようだった。

ジョンが数回、大きく深呼吸をする。そして、眼下に広がる破壊しつくされたヒロシマの街を見つめている。

ジョンは今、何を思っているのだろうか。

しかし、君子には想像すらできなかった。なぜなら、その目はあまりに悲しすぎたからだ。アメリカの兵士ならこの爆撃の成果を喜ぶはずだと思ったが、ジョンの眼にはいささかの喜びも感じられないのだ。ただ恐れ、絶望し、落胆しているように感じられるのだった。

ジョンはもう一度、深く息を吸う。その瞬間、バランスを崩して倒れそうになった。君子は慌ててジョンを支えようとするが、逞しい体の大男を小さな女の子が支え切れるはずもなく、二人は草むらに倒れ込んだ。

君子の目の前に、ジョンの澄んだ瞳がある。

ジョンはやさしく君子のおでこに唇を寄せる。君子はあまりの驚きに、反射的にジョンを突き飛ばす。ジョンはそのまま後ろ向きに倒れたが、君子はどうしたらいいかわからない。ジョンは戸惑いながら、申し訳ない顔で何度も頭を下げる。ここでは頭を下げることが謝ることだと知っているようだ。ジョンはただ感謝の気持ちを表したかっただけだが、君子には到底理解できるはずもなかった。ジョンはその後も、何度も頭を下げ続けた。君子は次第に落ち着きを取り戻し、ジョンの頬に手を添えた。君子は少しだけ微笑み、ジョンも少しだけ安堵したような表情を浮かべた。

二人はしばらくの間、並んで空を見上げていた。雲間から少しだけ星が見えている。そして夜が明ける前、二人は人目につかないように穴に戻っていった。

君子は次の日も、そしてその次の日も、水を汲み、イモを掘り、そしてヨモギを摘んだ。夜になると、二人できれいな空を眺めた。

しかし三日ほど経った朝、ジョンの容態がこれまでと明らかにおかしくなった。大量の汗をかき、呼吸が荒くなっている。ジョンのおでこに触れると異常に熱く、高熱が出ていることは明らかだ。足の傷口からは血と黄色い膿が溢れ、ひどい悪臭を放っていた。

君子はその傷の中に何か小さく動くものを見つけた。悲鳴を上げそうになる。君子は吐きそうになったが、それは、小さなうじ虫だった。小さな白いうじが、傷口から無数に出ているのだ。君子は吐きそうになったが、ジョンはそれを他人事のように眺めている。高い熱で意識がぼんやりしているようだった。君子はもう一度、こわごわと傷を覗き込んでみる。やはり見間違えではなく、さらに数が増しているようだ。

桶に残っていた水をかけると、中から無数のうじが表に出てくる。水を全部使って傷を洗い、吐き気をこらえながら一つ一つ、一匹一匹取り除いていく。十匹ほど取り除くと、さらに二十匹以上湧き出てくる。百匹ほど取り除いても、さらに二百匹以上湧き出てくる。それでも、君子は取り続けた。

水がなくなると走って取りにいく。何回も往復して水を運び、傷口の洗浄を繰り返し、無数のもう数えることもできないほどのうじを取り除くと、傷も少しだけきれいになってきた。

君子は竹光さんの言葉を思い出していた。

「けがをしたときや手術をした後は、傷にばい菌が入らないように十分消毒しないと、化膿して感染症という大変なことになるのよ」

病院見学のときにけがをした多くの兵隊さんを処置しながら教えてくれた。傷を清潔にすること、生活の環境を整えること、竹光さんはそれらの重要性について説明してくれた。

「ジョンの足は感染している」

君子はそう確信した。

「消毒しないと……」

しかし、当然ここには消毒液も何もない。包帯すらなかった。穴の空気はよどみ、悪臭がひどい。ハエも多く飛んでいて、最悪な環境であることは間違いない。

君子は、まず穴の中をきれいにすることから始めた。いったんジョンを穴の外に出し、人に気付かれないように上から草で覆って隠す。その間に穴の中を掃除し、近くに生えていた焦げかけの除虫菊の葉を敷き詰める。君子が小さかった頃、おばあちゃんが馬小屋のハエを追い出すときにしていた風景を思い出していた。その後、空気を入れ替え、笹の葉を敷いて寝床の代わりにする。そして小さな体でジョンを懸命に支えながら、再び穴の奥まで入れたのだった。

君子は、自分が今していることに君子自身が一番驚いていた。ジョンの体は相変わらず熱く、熱がさらに上がっているようだ。君子は再び水を汲んでくる。スカートの一部を破って手ぬぐいの代わりにし、水を浸してジョンの額に当てる。ジョンはかすかに目を開き、気持ち良さそうに少しだけ微笑む。

「ジョン、大丈夫？」

君子は尋ねてみたが、ジョンは目を閉じたままだ。

このままではジョンは死んでしまうかもしれない……。それだけは絶対に嫌だった。この人は縁もゆかりもない異国の、しかも憎むべき敵であるアメリカの兵士だ。それでも、自分が音戸に帰ってお父ちゃんやお母ちゃん、お兄ちゃんたちに会いたいように、ジョンもきっと、故郷に帰ってパパやママ、マリアに会いたいに違いないのだ。

「このままじゃあ、いけん」

君子は陸軍病院へ行くことを決意した。あそこに行けば消毒液や薬があるかもしれない。もしかしたら竹光さんに会えるかもしれない。最後の希望だった。ここに二人だけで居ても、おそらくジョンの命は助からないのではないかと思った。

「駄目もとで宇品まで行ってみよう……」

君子は自分に言い聞かせた。

何もできなかった自分が、今こうして彼を助けようとしている。そのことが少しだけ誇らしかった。でも、自分が居ない間にジョンがどうなってしまうか不安でしょうがない。君子はできるだけ多くの水と食べ物を探して、穴の奥に隠した。きれいになった穴で休んで落ち着きを取り戻したジョンは、静かに目を開けて君子の様子を眺めていた。

君子が一晩中手ぬぐいを換え続けて看病をしたためか、翌朝になると熱は少し下がっているようだった。君子は必死に、なんとか自分の思いをジョンに伝えようとした。ジョンの右足を指さし、薬を塗って包帯を巻く仕草をする。いったん外へ出かけるけれど、必ず戻ってくることを伝えたくて、穴の外と中と、そして自分を何回も交互に指さした。そして、水と食べ物を用意していることも伝えた。ジョンが理解したのかどうかはわからないが、小さくうなずいている。

君子は意を決して、宇品に向かうことにした。

「ジョン、行ってくるね。絶対に薬持って帰ってくるけん、ここで待っといてね。絶対に死んだら、死んだらいけんよ」

ジョンに言い聞かせるように伝え、そして小さく手を振った。

ジョンが手招きをして君子を呼ぶ。そして小さな声で、

「アリガト、アリガト」

と言って涙を浮かべ、君子を抱きしめた。

ジョンは君子がここを永遠に出ていくと思ったのかもしれない。もう君子に会えないと思ったのかもしれない。

「ジョン、うちゃあ、絶対に帰ってくるけんね！」

君子は慣れた様子で辺りを伺い、穴を後にした。

人目につかないように丘を下りて饒津神社まで来ると、そこは相変わらず地獄絵図が広がっていた。爆撃からおそらく五日ほどたっているはずだったが、惨状はさらにひどくなっているようだ。

広島駅まで歩いたところで、君子は足の痛みを改めて感じた。ここ数日、ジョンのために水や食べ物を求めて動き続けている。思った以上に足を痛めていたのかもしれない。

駅の構内は人であふれかえっていたが駅舎は大半が崩れ落ち、わずかに屋根が残っているだけだ。ぐにゃりと曲がった線路には焼け焦げた列車がそのまま放置され、窓ガラスはことごとく割れ散っている。復旧する見込みは到底ないように思えた。どこへ向かえばいいのかまったく見当がつかず、君子は途方に暮れていた。

君子にはもう一つ行かなくてはならないところがある。袋町のおばのところだ。焼け野原を見渡すと、産業奨励館の焼け跡にドーム型の建物が見える。君子はドームをめざして歩くしかなかった。焼け跡はいたるところがまだ熱く、音戸の家から履いてきたズックはいつの間にか左足の底が破れているが、今ではもう気にもならない。

何もなくなった市街地をまっすぐ歩く。ドームまで道に迷うことはないだろう。なぜなら周りに遮るものが何も残っていないからだ。はるかかなたには、瀬戸内海がいつものように静かに広がっていた。

爆弾が落ちてから何日もたっているにも関わらず、まだあちこちから煙が上がっている。倒れた建物の下敷きになって焼け死んだ真っ黒な塊たちが、あちこちに散乱している。燃え残った火がじりじりと照り付けてくる。ものが焼ける臭いと死臭が入り混じり、埃と煙が辺りに立ち込めている。

焼け出された多くの人々は立ち上がる元気も、口を開く気力も体力もなく、ただ茫然と座り込んでいた。大八車に子どもの死体を乗せて運んでいるが、車の後ろには母親と思われる女が足をぶらぶらさせながら、楽しそうに歌を歌っている。完全に常軌を逸している光景だった。

「この子をどこで焼こうかしら～」

女は笑いながら、すれ違う人たちに次々と尋ねている。

橋の下を流れる川には、まだ多くの遺体が浮いている。魚市場で使う大きい鳶口《とびぐち》のような道具で、小さな船に死体を次々と引き上げていく。それを川岸の大八車に積み替え、まとめてそれらを焼いていく。煙があちこちで上がっている。何度も船に引き上げ、大八車に乗せては焼き場へ運び、焼き続ける。どれだけ焼き続けても死体は減らない。増えていく一方だった。

焼かれた死体はまとめて荼毘《だび》にふされていく。トタン板に石で穴を開けて電線をひっかけ、その上に死体を乗せて引きずって来る人もいる。死体は次々と運ばれ、積まれた死体をまとめて焼いていく。その繰り返しだった。

君子は歩いた。とにかく歩き続けた。周りの惨状をなるべく見ないように歩いていく。

途中にあった国民学校は救護所となっており、婦人会の人たちが交代で介護をしていた。君

子は薬が手に入らないかと思い、一人の女性に尋ねたが、

「そんなもん、とうの昔にないなったわ。邪魔じゃけえ、どきんさい！」

と乱暴に突き飛ばされてしまう。

運ばれてきた人たちは横に寝かされているだけで、かろうじて水を飲ませることしかできない様子だ。亡くなった人たちは静かに外に運び出され、大八車に乗せられていく。


君子はようやくドームの近くまでたどり着いた。少し南側が袋町のはずだ。君子は重い足を引きずりながら歩き続ける。しばらくすると石造りの日銀広島支店の建物が残っていたが、入り口の階段に黒い影だけが残っているところがある。あの爆弾の瞬間に人が亡くなり、影だけが残ったものであることを君子が知ったのは、ずっと後になってからだった。

「この裏のはず……」

君子は建物の裏へ向かったが、そこには何も残っていない。目の前にあったのは、多くの倒壊した建物や焼け落ちたビル、いつまでも熱い瓦、そして真っ黒に焼け焦げた、誰だかわからない死体の山だった。つい数日前まで生き生きと人々が過ごしていた光景は、何一つとして残っていない。排水溝の中に残っている泥だらけの花瓶と、柄だけが残った歯ブラシが、人間がここで生きていたことを物語っていた。

君子は倒れた大きな梁《はり》の燃え残ったところに腰をかけた。半分溶けかかった万年筆と、埃にまみれたビー玉が数個転がっている。

「きれい……」

文子とビー玉やおはじきで遊んだことを思い出した君子は、また泣いた。

「あんた、どこの子ね？」

見知らぬおじさんが声をかけてきた。

「うちゃあ……うちゃあ、ここにあった髪結いの尾崎のおばちゃんの親戚です……」

君子は涙を拭きながら答えた。

「あれま、英子さんのところの子ね？」

驚いたことに、おじさんは叔母の名前を口にした。

「おじさん、おばちゃんのこと知っとるんですか？」

君子は慌てて聞く。

「ああ、わしゃあ、英子さんの二軒先で呉服屋をしよったんじゃけえ。英子さんのことはよう知っとる」

「それで、おばちゃんは？　おばちゃんは生きとるんですよね？」

君子の必死な問いかけにも関わらず、おじさんは固く口を閉ざしたままだ。

「おじさん、おばちゃんは……」

君子が泣きながら尋ねる。しばらくの沈黙の後、おじさんはぽつりぽつりと話してくれた。

おばちゃんは倒れてきた家の柱に挟まれて身動きができなくなり、そして、そのまま炎にのまれて焼け死んだということだった。

「わしらも残ったもんで一生懸命に引っ張り出そうとしたんじゃけどの……すまんのう。無理じゃったわいや……」

泣きながら教えてくれたおじさんも、ひどいやけどを負っているのだった。

「ほうですか……おじさん、ありがとうございました」

君子は泣きながらそう言うのが精一杯だった。

「あんた、どこにおったんな？」

「うちは、音戸に帰る途中でした」

「一人でか？」

「いいや、友達が一緒じゃったんじゃけど……」

君子は声を震わせながら、

「友達は……文ちゃんは死にました」

「ほうか、ほうか、つらかったのう」

おじさんはやさしく君子を抱きしめる。久しぶりに人の温もりに触れて、君子は声をあげて泣いた。おじさんも肩を震わせて泣いていた。相変わらず周囲は焦げくさい臭いが立ち込め、このまま永遠に地獄が続いていくに違いないとすら感じさせた。

ようやく泣き止んだ君子に、

「ほうじゃ、あんた、腹が減っとろうが？　ちょっと待っとれ」

おじさんは破れかけた袋から紙包みを取り出し、そしてその中からおむすびを差し出した。

「粟のむすびじゃ、食べんさい」

「ええんですか？」

「ああ、ええよ。わしはさっき食べたけん」

「ありがとうございます」

君子は泣きながら頬張り、慌てて食べたせいでむせた。

「ゆっくり食べんさい。誰も取りゃあせんけえ」

「はい」

おむすびはあっという間に君子の胃袋に収まった。

「おいしかったあ」

君子はおじさんに何度もお礼を言う。

「良かったのう」

おじさんは少しばかりうれしそうにしている。

「おばちゃんの家はどの辺りだったんですか？」

君子は少しでもおばちゃんの生きた証を探そうとする。

「そのへんじゃ」

おじさんが少し先の方を指さす。

「ご遺体はの、あらためてみんなで外へ出してからまとめて荼毘にふされたけえ、もうここにはないんよ。悪う思わんとってくれえよ。全部は焼けとらんかったけえ、気の毒じゃったけえ、そうさせてもろうたんよ」

おじさんは君子に心から申し訳なさそうにしている。

「そうですか……」

それでも、君子は家があった辺りにおばちゃんの痕跡を探した。そこには、焼け朽ちた家財がわずかに残っているだけだ。

「何もないじゃろう、うちも何も残っとらん……」

おじさんは自分の家があった辺りをさみしげな目で眺めている。

「なんでアメ公は……こんとなむごいことをしやがったんじゃろうのう……わしらが何をした言うんじゃ」

おじさんが吐き捨てるように言った。

「わしの女房も娘も殺されたんじゃ……」

おじさんが肩を震わせる。君子はかける言葉もなかった。

君子は英子おばちゃんの家辺りの場所を、痛む足を引きずりながら歩いてみた。すると、倒れてほとんど焼けた机の陰に何か光るものが目に入る。溶けかけているけれど、それは櫛《くし》ではないだろうか！

「おばちゃんの櫛じゃ！」

君子はすぐに直感した。普通の櫛ではなく、髪結いで使う少し特殊なものだったからだ。

「おばちゃん……」

君子は櫛を握りしめ、泣いた。

「おばちゃん、残っとったか？」

おじさんが尋ねる。

「はい。おばちゃん、ここに残っとりました」

君子は真っ黒に焼け焦げた櫛を、もう一度抱きしめる。

「ほうか、ほうか、良かったのう」

おじさんは泣きながらもうれしそうだ。

二人はしばらくの間、隣同士に座って少し話を始める。

「君ちゃん、言うたかの？」

「はい」

「君ちゃん、ここら辺はええとこじゃったんで。みんなが仲良しでのう」

「わしらが子どもの頃は、川ではエビやカニを獲ったり、あそこの橋の欄干の上から飛び込んで遊びよったんで。その向こうには理髪店があって、じっとしとらんかったらバリカンで頭を小突かれよったわ」

君子は少しだけ笑う。

「向かい側には一銭洋食屋があっての、昔はオムライスいううっまいもんがあったんで」

おじさんが懐かしそうに話している。

「向こうにドームだけ残っとる産業奨励館の前ではの、いっつもみんなが集まって、男はめんこやら女はゴム飛びやらして遊んだもんじゃ」

今はそこに、まったく面影はない。

「あそこの焼け残っとる神社はの、夏にはみんなが体操するところじゃったんよ」

神社の石灯籠はことごとく倒れ、鳥居が無残に半分だけ残っているだけだ。

「うちの女房はの、天神町のタバコ屋の娘での、若い頃はきれいじゃったんで。もうおらんがの……」

おじさんはボロボロの上着の袖で涙を拭いた。

そこは、子どもがいたずらをして母親に叱られていた街であり、若い男性と女性が恋愛を謳歌していた街であり、普通の人々が普通に生活していた街だった。

戦争は建物や人の命を奪うだけではなく、街の息吹も奪う。ここには、たくさんの普通の人々による、普通で幸せな暮らしがあったのだ。

「君ちゃんは今からどうするんな？　音戸に帰るんじゃろ？」

「うちゃあ……宇品の陸軍病院へ行かんにゃならんのです」

「陸軍病院？　なんでまた？」

君子は返事に困った。

「うちゃあ、左手が痛いけ……」

「それくらいのけがじゃあ、陸軍病院は診てくれんで？　あそこはの、帰還した兵隊さんやら重症の人でいっぱいらしいけん」

「でも、どうしてもあそこに行かんにゃあ、いけんのんです！」

君子は譲らない強い口調でおじさんに言う。

「ほ、ほうか。ほいじゃあ、まあ行ってみんさい」

おじさんは君子の勢いに気圧《けお》されていた。

「ほうじゃ、宇品線が復旧しとるけん、乗っていったらええわ」

「ほんまですか？」

広島駅の様子では到底動いているとは思えなかった、電車が動いている。しかし、君子はにわかには信じられない。

「いうても、ここら辺には駅はないけえ。ほうじゃのう、霞町《かすみちょう》まで行ったら乗れるかもしれんで」

「霞町、ですか？」

「ほうじゃ。わかるか？」

「いいえ、うちゃあ、広島のもんじゃないけえ」

「ほうか。ほうじゃのう、向こうに鳥居が見えるじゃろ。あのまっすぐ向こうの辺りじゃわ。近くまで行ったら線路があるけえわかるはずじゃ。まだ本数は少ないが、ここから宇品まで歩くよりよっぽどええじゃろう」

「はい」

君子は少し希望の光が見えたような気がした。自分が戻るまで、どうかジョンには頑張っていてほしい、君子は心からそう願った。

「おじさん、いろいろありがとうございました」

「わしも頑張るけえ、君ちゃんも頑張りんさいよ。大丈夫じゃ、英子さんが守ってくれるけん！」

君子は深々と頭を下げて歩き始めた。


焼野原となった街中を少し迷いながら歩いていた君子は、どうやら元安橋の縁にたどり着いていたようだった。そのとき、君子は悲鳴を上げそうになり自分の目を疑った。

電柱に太い針金で吊るされた一人の兵士が居たのだ。それは、金髪の青い目の兵士だった。

その兵士は全身にやけどを負っており、生きているのか死んでいるのかまったくわからない。足には穴を開けられ、そこにも針金が通されて縛られている。そして、周りでは多くの人たちが取り囲んで罵声を浴びせ、中には石を投げる人もいた。

「くそ、アメ公が！　お前らのせいで広島がこがあになったんじゃ！」

「絶対に許さんど！」

君子の横にいた男が、割れたサイダーの瓶を兵士の顔に向かって投げつける。

「あのう……あの兵隊さんは？」

君子は隣にいたおばさんに尋ねた。

「うちもよう知らんのじゃけど、何でも、アメリカの兵士で捕虜じゃったらしいよ」

おばさんが憲兵からまた聞きした話を教えてくれる。

捕虜だったこのアメリカ兵も今回の爆撃で重傷を負ったのだが、見せしめのためにこのようなひどい状態に置かれているらしい。兵士はピクリとも動かない。全身のやけどは広島の人々と同じようにひどい重症で、皮膚は剥がれて垂れ下がっている。衣服はもちろんボロボロで、わずかにズボンがへばりついているだけだ。日本人より白いその皮膚が、余計に痛々しく見える。

「死んで……るんですか？」

君子は恐る恐る尋ねる。

「さあ、どうじゃろうね」

おばさんも気味悪そうに眺めている。

「それにしても大きな男じゃね。あれじゃあ日本は勝たれんわ」

おばさんが小さな声で続けた。

「ほんまですね」

君子もそう思った。

「ほいじゃけど、やっぱりかわいそうなね。あんとに石を投げんでもええのに……」

おばさんが声を潜めて言う。

「もう、やめたれえやあ」

どこからか声が上がる。

「なんでや？　こいつは鬼畜米英で？　こいつらのせいでうちの息子は殺されたんじゃ！」

「ほうじゃ！　うちのお父ちゃんもそいつのせいで死んだんじゃ！」

「もう死んどるじゃろうが」

「関係ないわい！」

「ええかげんにせえ！　死んだら誰でも仏さんじゃ。死んだ人間にそがあなひどいことしたら、お前にも罰が当たりくさるぞ！」

「お前は非国民か？」

「やかましいわ！　死んだら仏さんじゃ言うとるだけじゃろうが！」

「なんじゃと？」

二人はつかみ合って喧嘩を始める。

君子はその兵士の姿がジョンと重なって、その場にいることができなくなっていた。

一刻も早く薬を手に入れて、ジョンのところへ戻らなくては……。もしジョンが誰かに見つかってしまったら、この兵士のようになぶり殺しにされてしまうかもしれない。そう思うと、君子は居ても立ってもいられない気持ちになっていた。

霞町は思ったより遠く、電停に着いた頃には日が暮れかかっていた。君子の足は棒のようになっている。君子が電停に立っていると、通りすがりの人が声をかけてきた。

「もう今日は電車は来んで」

君子はまさに落胆して泣きそうになる。

「どうしよう……」

今からでも歩いて宇品まで行こうかと考えたが、日も暮れかけており、これ以上歩く元気もない。今日はこの辺りで休むしかない。君子はどこか横になって寝られる場所を探した。

「明日の朝一番の電車に乗らなくては……」

そう思うと、電停からあまり遠くに離れることはできない。君子は仕方なく、壁だけが残っている建物の脇で、一晩を過ごすことにした。

「ジョンは大丈夫だろうか……誰かに見つかっていないだろうか……ちゃんとイモを食べてい

るだろうか……」

　君子はジョンのことを考えると、眠ることができない。何より、

「ジョンは生きているだろうか……」

　そのことが一番気になっていた。皆になぶり殺しにされていた金髪の兵士と同じようなジョンの姿を、決して見たくない。この先、ジョンにどんな運命が待ち受けているのか君子にわかるはずもないが、今、ジョンが居なくなることだけは、どうしても耐えられなかった。

「なぜだろう。だって、本当に偶然出会っただけなのに……」。言葉もうまく通じない、縁もゆかりもない外国人、それも、憎むべきアメリカ兵なのに……」

　自分の気持ちをどうしても説明することができない。でも、ジョンがこの世から居なくなることは、どうしても嫌だった。

「自分が音戸の家に帰りたいように、ジョンもアメリカの家に、そしてパパやママやマリアのところに帰りたいに決まっている」

　そのことだけは、君子は心から感じるのだった。

　ふと、いい匂いがしてくる。お昼に粟むすびを一個食べただけの君子には、なんとも刺激的な匂いだ。一人の老婆が、半分壊れかけた鍋で何かを焚《た》いている。中には大豆粉の薄いすいとんがぐつぐつと煮えていた。サツマイモの蔓《つる》だろうか、何か少しだけ緑色のものが入っている。

　老婆は静かに黙ったまま、すいとんを煮ている。そして脇には、小さな男の子がちょこんと

座っている。老婆はまず男の子のお椀によそい、そして、その後に自分の分をよそった。

老婆が君子の目を見つめながら、

「あんたも食べるかい？」

と声をかけてくれる。

君子は大きくうなずいた。老婆は何も言わず、何も聞かずに君子にすいとんをよそってくれた。

「いただきます」

君子は深く頭を下げてから、すいとんをすすった。薄いすいとんだった。味もほとんどしない。わずかに塩気がするだけだ。それでも、温かい液体が喉を通る感覚は本当に久しぶりで、君子にとっては十分過ぎるごちそうだった。

「おいしい」

思わず口からこぼれる。

老婆は表情も変えず、黙ってすいとんをすすっている。男の子は二杯目を食べていた。

「あんたは？」

君子は申し訳なさそうに欠けた茶碗を差し出す。

「ありがとうございます」

すいとんはこの上なく薄い味だったが、おかわりまでもらえた君子のお腹は少しだけ落ち着いていた。

「ごちそうさまでした」

君子は改めて頭を下げた。お腹の中が久しぶりに温かい。

「おいしかったです」

しかし老婆は、

「うまかねえよ、こんなもん」

と吐き捨てるように言う。

君子は返事に困り、話を変えようと思いながら、

「お孫さんですか？」

と尋ねる。老婆は一瞬、驚いたような顔をして、

「孫？」

そして笑いながら、

「あたしゃあ、まだ三十一だよ」

と君子に言った。

「す、すいません……」

しかし女の顔はどう見ても、六十過ぎの老婆にしか見えない。

「そんなに老けてるかい？」

女が少しさみしそうに言った。

「いえ……あの、あたし、ごめんなさい……」

君子はまごまごと謝る。

「いいんだよ。どうせやけどもしてるし、もう女としては終わってるんだから」

女は顔に大やけどを負っていて、年齢がまったくわからない。

「それに、この子はあたしの子じゃあないよ。かわいそうに、母親は亡くなったんだ」

「そうなんですか……」

「ああ、あたしが最初にそこで見たときには、その子の母親の頭には大きな鉄の棒が突き刺さって、もう死んでたんだよ。それでもこの子はいつまでも母親の横に座ってさ、動こうとしないんだよ」

女は残りのすいとんをお椀に移した。

「翌日もその翌日も、母親から離れようとしなかったんだ。そのうち死体が腐り始めてうじが湧いて、そりゃあもう、見るに堪えられなくなってきたんだ。だからその子にはかわいそうだったけど、母親を焼いてやったんだ」

君子は言葉を失った。

「だんだん焼けてくると、体の中の脂が流れ出る。人間の体っていうのはね、いっぱい脂が出てくるんだよ。大変な量だったよ」

君子は食べたすいとんを吐きそうになった。

「この子はね、黙ってそれを見てた。何も言わずにずっと見てた。それからこの子は、何もしゃべらなくなったんだよ。いや、しゃべれなくなったのかもしれないね」

男の子は木の切れ端で、地面に何かを書いて遊んでいる。

「かわいそうで見てらんなかったよ。気が狂いそうだった。これが現実とは思えなかったよ。地獄とはこういうことかとね」

女は少し泣いている。

「あの子から見たらあたしは鬼だったかもしれないね。でも、あのまま放っといたら、母親はもっと悲惨な姿になっていただろうし、何よりこの子も死んでいただろうからね。あたしは鬼になったんだ。それから、この子を連れてんのさ」

そう言って男の子を抱きしめた。

「あたしも自分の子が死んだんだ。東京の大空襲でね」

「東京から来られたんですか？」

「ああ、あの爆撃の前の日にね。戦死した旦那の実家が広島だったから、東京を離れてこっちに避難してきたんだけど、広島なんか来るんじゃなかったよ」

女は吐き捨てるように言った。

「旦那の実家も、もうどこだかわかりゃしない。まあ、舅も姑もおっちんじまっただろうけどね」

「そうですか……」

「だからあたしゃあ、もう独りぼっちさ。ちょうどこの子も独りになったみたいだから、あたしが面倒をみることにしたんだよ。死んだわが子の代わりだと思ってさ」

今の日本では、このような戦災孤児はたくさん居るに違いない。

「この子が早くしゃべれるようになればいいんだけどね」

女が涙を拭く。

男の子は一言もしゃべらず、そして、少しも笑うこともない。黙って地面に絵を描いて遊んでいるだけだった。

「あんたはどうするんだい？」

「うちは明日、宇品の陸軍病院に行かんにゃならんのんです」

「陸軍病院？　何しに行くんだい？」

「うちゃあ、助けんにゃいけん人が待っとるんです」

「病院に誰か入院してるのかい？」

「そうじゃないんだけど……」

君子は言葉を濁した。アメリカ兵を山の中の穴にかくまっていることなど、言えるはずもない。

女はそれ以上、何も聞かなかった。

「まあ、気を付けて行くんだよ」

「はい」

「そういえば、長崎にも同じ新型爆弾が落とされたって話を聞いたね」

「え、長崎にも……」

長崎でもこのような惨状が広がっているのかと思うと、君子の胸は張り裂けそうだった。

「これで戦争も終わるんだろうかね……」

女が呟いた。

日本中の街がこんな風に破壊されていったら、日本はもう終わりだろう。みんなそう思っているに違いない。

「うちゃあ、戦争が早う終わってほしいです」

「本当にね。もう、勝っても負けてもどうでもいいから、一日も早く終わってほしいよ」

普通の人間の心からの正直な思いだった。

そのときだった。一人の男が女の髪を掴《つか》んで、

「負けてもええとはどういうことじゃ！　この非国民が！」

男が大きな声で怒鳴る。

「何ね！　あんたは！」

女も負けていない。

「あんたら日本の男どもがつまらんから、うちら女が苦労するんだろ！　この役立たずが！」

「なんじゃと！」

「役立たずって言ってんだよ！　聞こえないのかい！　こんなところで女相手にいきがってる暇があるんなら、戦地で特攻でも何でもやって、お国のために死んでみろ！　このくそったれが！」

女は叫びながら割れた鍋を投げつける。男はなおも何か叫んでいるが、女の勢いに気圧されたのか、捨て台詞を吐きながら逃げるように走り去っていった。君子は女の度胸にあっけに取られていた。

「ったく！　日本の男はつまんないね！」

女は吐き捨てるように言う。

「おばさん、すごい……」

君子は驚くだけで感嘆の言葉しか出ない。

「そうかい？　あたしもいろいろひどい目に遭ってきたからね。あんな男の一人や二人、なんともないさ」

女は笑いながらけろっとしている。

「いいかい、あんた。これからの女は強くなくちゃ生きていけないんだよ。何があっても負けるんじゃないよ」

しかし、君子を力強い言葉で励ます女の背中は泣いていた。

朝の強い日差しとスズメのかしましい鳴き声で、君子は目を覚ました。硬い地面の上で寝たせいか、腰や背中が板を張ったように痛む。

「おはようございます」

君子は寝ぐせのついた髪を整えながら女に呟く。焼けてチリチリになった髪の毛も多かったが、それでも君子は髪を整えた。

「ああ、おはよ」

「おはよう」

君子は男の子にも声をかけてみたが、相変わらず返事はなく地面に何か絵を描いている。君子は英子おばちゃんの家の近くで拾ったビー玉を渡してみた。男の子は能面のような顔でじっと見つめている。

「もうすぐ電車が来るよ」

女が親切に教えてくれる。

「そうですか。うちゃあ、お金がないけど、電車に乗せてもらえるんでしょうか？」

君子が心配そうに言うと、

「大丈夫。金なんか払ってる人は誰もいないよ」

確かにこの状況では、お金を持っている人など誰も居ないだろう。

「おばさん、ありがとうございました」

君子は深く頭を下げた。

「礼を言われるようなことなんか、しちゃあいないよ。まあ、あんたも頑張りな。あんたのいい人、元気になるといいね」

女がいたずらっぽく笑う。

「そ、そんなんじゃありません……」

君子は頬を赤らめて言った。

ギシギシと線路のきしむ音が聞こえ、焼けた電車がゴトゴトと電停に近づいてくる。

「こんなに人がいっぱい……乗れるかな」

電車には溢れそうなほどの人が乗っている。君子は混雑のすごさに戸惑うばかりだ。

「何言ってんだい！　なんとしても乗るんだよ。あんた、そいつを助けたいんだろ？　ここで遠慮しててどうするんだい！」

女が君子の背中をぐいっと押す。

「はい！」

君子は覚悟を決めた。

電車はものすごい人の数で、ぶら下がりながらかろうじて乗っている人もいる。電車が停まると、数人が降りてくる。

「さあ、いくよ」

女は君子の背中を支えて、強引に中に押し込んだ。

「痛ってえな、押すなよ！」

中の男が声を荒げる。

「す、すいません……」

君子は小声で謝るが、女は意に介さない。より一層、力を込めて君子を中に押し込む。君子はなんとか電車に乗り込むことができた。

「おばさん、ありがとう！」

君子は体をひねりながら後ろを振り向き、ありったけの声で叫ぶ。

「ああ、頑張りな！」

女は大きく手を振っている。そして男の子も、横で小さく手を振ってくれているのが見えた。


電車の中はまさにすし詰め状態だった。

大きな荷物を背負ったお婆さん、支えあう親子連れ、軍服を着た青年、多くの人たちが疲れ果てた顔をして、黙ったまま電車に揺られている。電車自体も焦げた臭いがしているが、それ以外にもあらゆるところからいろんな臭いや熱気が立ち込め、電車の中はまさに蒸し風呂状態だ。中学生で体の小さい君子は、両脇を大きな男に挟まれて身動き一つできない。霞町から宇品までは二十分ほどなのだが、ようやく病院前の電停に着いたときには、君子は倒れそうなほど疲れ切っていた。

ようやく電車を降りた君子は、大きくため息をつき、深呼吸をした。つい数日前までとは違って、焦げ臭く哀しい匂いがする。目の前には半分崩れかけた陸軍病院が、それでも帝国陸軍の最後の威厳を誇るように建っていた。

入り口に多くのけが人が長い行列をつくっている。建物は半分以上が倒壊し、かろうじて残った奥の病棟部分で治療をしているようだ。前に見学したときと比べて無残に変わり果てた病院の姿に、君子は大きな失望と絶望を抱かざるを得なかった。

見学のときに教えてもらった職員用の出入り口から中に入る。そこは、まさに野戦病院だった。見学したときも多くの患者が居たように思ったが、今はその様相は大きく変わり果て、おびただしい数の患者が廊下にまであふれて横に寝かされている。大声で助けを呼ぶ人、うめき声をあげる人、声も出せない人、そして、生きているのか死んでいるのかわからない人……。とてつもない数の患者で溢れかえっていた。

そんな中をお医者さんや看護婦さんが忙しそうに動き回っている。ここも、まごうことなき戦場なのだ。

「あのう……」

君子は一人の看護婦さんになんとか声をかけてみる。

「ちょっと待っててね。順番に回ってるから」

看護婦は君子の顔を見る余裕もなく、詰所の方に走っていく。仕方なく、君子も詰所に行ってみることにした。

隣の外来室では、数え切れないほどの患者がうめき声をあげ、傷の処置を受けている。ほとんどの患者がやけどを負っており、中には手足がないものも数多くいる。そこはとても声をかけられるような場所ではなく、君子はいったん外へ出るしかなかった。

裏出口脇の小さな庭に、疲れ切って交代で休憩している看護婦さんが二、三人座っている。

「あのう……」

君子はおずおずと近づいてみる。

「何？」

一人の若い看護婦さんが返事をしてくれた。

「あのう……婦長さん、竹光婦長さんはいらっしゃいますか？」

その看護婦は少し戸惑った顔をしたものの、

「婦長さんなら三階の重症患者病棟の詰所にいると思うけど」

と答えてくれた。

「ありがとうございました」

君子ははじかれたように三階に向かう。

竹光さんが生きていた！

それだけで君子は十分だった。広島で知っている人の中で、初めて生き延びた人に会える。その喜びでいっぱいだった。

途中の階段にも多くの患者が溢れている。君子は夢中で階段を駆け上がった。三階へ通じる階段の踊り場には、関係者以外立ち入り禁止の札が立てられている。君子は一瞬ためらったが、意を決して脇から三階に向かった。そこは下の病棟と違っていくつかの個室が並び、選ばれた人だけが入っている様子だ。それでもベッドはいっぱいで、どの患者も身動き一つせず、声を発することもなくただただ静かに横たわっている。生きているのか死んでいるのかもわからない。階下の喧騒《けんそう》が嘘のようだ。

奥の詰所に向かう。そこには数人のお医者さんと看護婦さんが居た。

君子の姿を見つけた一人の看護婦が声をかける。

「お嬢ちゃん、ここには勝手に入って来てはだめよ。さあ、下に行きなさい」

そう言いながら君子の背中を押し、向きを変えさせようとする。

「うちは……うちは、竹光婦長さんに用があるんです！」

君子は大きな声で思いを伝えた。

「婦長さんに？」

その看護婦は怪訝《けげん》そうな顔をしたが、君子の必死な顔を見て婦長に取り次いでくれた。しばらくすると、竹光さんが詰所から顔を出した。

「あのう、すいません。わたし……」

おずおずと君子は頭を下げる。

「あら、確か、尾崎さんのところの……そう、君子ちゃんだったわね？」

竹光さんは自分のことを覚えてくれていた。やさしい笑顔を浮かべている。

「すいません、お忙しいのに……」

君子は竹光さんの顔を見ると、思わず涙を浮かべた。

「どうしたの？　尾崎のおばちゃんは大丈夫だった？」

君子はたまらず声をあげて泣いた。竹光さんは何も言わず、やさしく君子を抱きしめる。

君子は竹光さんに婦長室に連れられ、そこで、ジョンのことを正直に話した。さすがの竹光さんも驚いた様子だ。

「婦長さん……うちゃあ、非国民でしょうか？」

君子は泣きじゃくりながら竹光さんの顔を見つめる。

竹光さんはしばらく考えた後、口を開いた。

「君子ちゃん、あなたは間違っていないと思うわ。この前も言ったでしょう。人の命に国境はないのよ。赤十字の理念も同じだから」

君子は少しだけ安堵できた。

「でもね。あなたが一人で背負うには、あまりにも危険で負担が大き過ぎるわ」

君子自身もとてもよくわかっていたことだった。

「ここにはね、実はアメリカ兵の捕虜も居るのよ」

竹光さんは驚くべき言葉を口にした。君子にはにわかに信じられず、竹光さんが嘘を言っているのかとさえ思えた。

「信じられんよね、こんなことを言っても」

竹光さんがある一つの部屋に案内してくれた。驚くべきことに、その個室には一人のアメリカ兵が横たわっている。顔は包帯でグルグル巻きにされ、全身にも傷の処置がされているが、わずかに覗く金髪や大きい体から、それが日本人ではないことは明らかだった。

「八月の初めにね……」

竹光さんが語り始めた。

その兵士はジョンと同じ空軍兵だった。沖縄に停泊するアメリカ空母から飛び立ち、広島上空で撃ち落とされてパラシュートで不時着したところを捕まり、捕虜として中国憲兵隊司令部に捕らえられていた。そして、日本人と同じように今回の爆撃で重傷を負い、陸軍病院に収容されていた。

「でも、アメリカ兵なのに……」

君子はどうしても理解できないでいた。

「君ちゃんにはなかなか理解できないかもしれないけど」

竹光さんが続ける。

「戦時下でもね、外国の捕虜は国際法で虐待してはいけないことになっているの。だから、彼もここで治療を受けているのよ」

「でも、元安橋のところではアメリカの兵隊さんが石を投げられて死んでました……」

君子は絞り出すように言った。

「そうね。街の人に国際法云々と話をしても、決して理解されないわね。鬼畜米英ですものね……。でもね、君ちゃん。私たちは看護婦なのよ。けがをしている人がどこの国の誰であろうと、助けるのは当たり前だと思うわ」

竹光さんは凛とした目ではっきりと言った。

「それにしても、ほかにもまだ米兵が市内にいるってことね。それはそれでまた問題だわ」

「婦長さん、うちゃあ……ジョンを助けたいんです」

「困ったわね。ここまでうまく連れて来られればいいんだけど……」

竹光さんは考えあぐねているようだ。

「今の状況では迎えに行くわけにもいかないしね。困ったわね」

「婦長さん。うち、できることなら何でもしますけえ、傷の手当ての仕方を教えてください！」

君子は必死に頼みこむ。

「そう言ってもね、あなたはまだ看護婦でもないし……」

「お願いします！　うち、ジョンを助けたいんです！」

君子はなおも必死で食い下がる。

竹光さんはしばらく黙り込んでいたが、

「それで、彼はどんな状態なの？」

とあきらめたように状況を詳しく聞き始めた。

君子はジョンの容態を、自分なりにできるだけ細かく説明していく。傷口から黄色い膿が出ていること、高い熱が出ていること、意識がぼんやりしていることなどを具体的に伝える。

「脱水も進行しているようだし、かなり危険な状態のようだわ。高い熱っていうことは、もしかしたら菌血症も併発しているのかもしれないわね。もしそうだとすれば、かなり厳しい状態だわ……」

「きんけつ、しょう……」

君子には聞きなれない言葉だった。

「細菌が血液の中に入って、全身の臓器に感染症を引き起こすことよ。抗生物質や点滴などで十分な治療を施さないと、まず助かる見込みはないわ」

竹光さんが厳しい表情で話す。

「うちゃあ何でもしますけん、婦長さん、助けてください！」

「そうね。取りあえず傷の徹底洗浄と、それと化膿止めを渡しておくわ。これはね、碧素《へきそ》っていってね、日本で開発された薬なのよ」

竹光さんは当時はとても貴重だった抗生物質を分け与えてくれた。

碧素は、陸軍軍医学校の軍医少佐だった稲垣克彦を中心に開発された日本版ペニシリンで、敵性語である英語名「ペニシリン」に日本名を付ける際に、アオカビの青にちなんで碧素と名付けられた。

「手順はここに書いておくから、いい？　この順番にやるのよ。できる？」

「はい、うち、やります！」

「よし、その調子！　尾崎看護婦さん、しっかりね！」

竹光さんが君子の肩をポンと叩く。当然のことながら、陸軍病院といえども医療物資は底をつきかけている。そんな中、竹光さんは必要な薬剤を内緒でそろえてくれたのだった。

「ありがとうございます！　ありがとうございます！」

君子は何度も頭を下げる。

「さあ、早く行きなさい」

そして最後に、君子は最も大切なことを伝えられた。

「それとね、君子ちゃん。どんな結果になっても、最後まで彼に寄り添ってあげることを忘れないで」

竹光さんは凛とした眼差しで君子を送り出した。

君子はもう、何の迷いもなかった。一刻も早くジョンのもとに戻り、できる限りの看護をしてあげる。そのためには、何でもする。強く自分自身に言い聞かせた。

帰りの電車も人でいっぱいだったが、君子はまったくひるむことはなかった。人の波をかき分け、人に押しのけられても懸命に中に乗り込む。邪魔だと突き飛ばされても、決してひるまない。

電車はたくさんの人を乗せて、広島駅へと向かう。その日も、とても暑い一日だった。

電車が広島駅に着いたのは昼過ぎだった。

駅の大きな時計が動き始めている。君子は山陽本線と芸備線が部分的ではあるものの再開していることを知った。これで音戸に帰れる！　故郷に帰ることができる！　父や母や兄や友達に会うことができる！　ジョンにも元気になってもらって、その先はどうなるかわからないけど、なんとかアメリカに帰ってパパやママやマリアに会うことができればと、心から願った。

「もう戦争は嫌だ！　あたしはジョンを助けるんだ！」

そう心の中で叫びながら、君子は一生懸命に丘を登った。何度も転びそうになりながら、必死に走った。

この未曾有の爆撃から、ヒロシマはなんとか立ち上がろうとしている。人々は絶望の淵からもう一度、自分たちの生活を取り戻そうとしている。女たちは煮炊きを始め、ちんちん電車が動き始め、そして、時計が再び時刻を告げ始めている。ヒロシマは確実に立ち上がろうとしていた。

丘に戻ってみると、たった二日しかたっていないにも関わらず、周りの草むらはより深くなっている気がする。そして、穴の入り口に立った君子はただ怖い気持ちでいっぱいになっていた。

「もしも、中で……」

君子は頭を大きく振り、それを強く否定しようとした。穴の入り口はさらに草が生い茂っており、そこが、ジョンが居るはずの穴かどうかさえわからないほどだ。

君子はジョンを驚かせないように、そっと中を覗いてみた。ひどい悪臭が鼻を突く。君子は鼻と口を押さえながら中に入る。君子はそこに横たわるジョンの姿が目に入ったとき、絶望的な気持ちになった。前よりさらに多くのうじが全身を這いまわり、負傷した右足は腐ってちぎれかけている。意識も朦朧としているようだが、それでも君子が視界に入ったときはさすがに驚き、そしてわずかに微笑んだ。

水やイモはまだ残っているようだ。それらを口にする気力さえもうないのだろうか。君子はそれでも、必死にジョンに声をかけ続けた。

「ジョン、帰ってきたけんね！　もう大丈夫じゃけんね！　頑張るんよ、ジョン！」

君子はもう何も迷わない。

井戸まで水を汲みにいき、ジョンを外へ引っ張り出す。竹光さんに教えてもらった手順に従って這い出してくるうじを一匹一匹取り除き、徹底的に傷を洗い、抗生物質の軟膏を丁寧に塗る。そして、慣れない手つきながら一生懸命に包帯を巻いていく。

ジョンの手当てが一段落すると、穴の中を掃除して笹の葉を敷き詰めていく。風通しを良くするため、穴の入り口は開けっ放しにしておく。そして、中の様子が外から見えないように、入り口に竹を組んで目隠しを作った。

しばらくすると穴の中は見違えるほどきれいになり、意識を少し取り戻したジョンはほんの少しだけ水を飲んだ。熱は相変わらず高いようだ。できるだけたくさんの水をむせないようにゆっくりと飲ませ、竹光さんに言われたように首筋を冷やす。

「ジョン、お腹空いたでしょ」

君子は穴の裏でお粥を焚いてみた。竹光さんが内緒で軍用のお米を分けてくれたのだ。

庶民が何も食べるものがない状況でも、軍には密かに食料が備蓄されており、その一部が陸軍病院にも供給されていたのだ。白いお米を食べるのは君子も本当に久しぶりだった。やはり、軍にはそれなりの物資があるのだと思った。

火の起こし方は、すいとんをごちそうしてくれた東京のおばさんの見よう見まねで、道ばたに落ちていた朽ちかけた鍋に水を張り、サツマイモとお米をその中に入れる。竹光さんに言われた通りにできるだけ軟らかく煮て、イモと米はなるべく細かく潰してジョンが食べやすいようにしていく。

久しぶりにお米の甘い匂いが立ち上がる。君子は鍋ごと穴の中に運ぶ。

「ジョン、お粥ができたよ！」

ジョンを食べやすい姿勢に座らせると、君子は拾ってきた匙《さじ》で少しだけお粥をすくい、熱くないようにフーフーする。その様子をジョンはうつろな瞳で、でも澄んだ青い瞳でじっと見ている。

食べ慣れないジョンが少しむせる。

「大丈夫？　ゆっくりね」

君子はもう一度、ジョンの口元にお粥を運ぶ。ジョンはそれを口の中に入れると、少しずつ噛みながら飲み込んでいく。ジョンの喉ぼとけが大きく下から上に、上から下にゆっくりと動く。

「ジョン、おいしい？」

君子が尋ねる。

「オイ、シー」

ジョンが微笑む。

「良かった！　うちも食べるけんね」

同じ匙で君子もお粥を口に入れる。

「おいしい！」

サツマイモと白米の甘みとうまみが口の中いっぱいに広がる。本当においしいと思った。

ジョンは一度に多くは食べれないし、竹光さんから慎重に食べさせるように言われていたため、鍋の半分だけを食べると、残りは夕食のために残しておくことにした。

「アリガト、アリガト」

ジョンが何度も言った。

「ジョン、うちゃあ、なんとしてもあなたを助けるけんね。ジョンも頑張るんよ！」

ジョンはわかっているのかどうか、それでも何度も大きくうなずいた。

「竹光婦長さんがね、薬も用意してくれたけんね。もう大丈夫じゃけんね！」

貰ってきた軟膏をジョンに見せてあげる。君子は陸軍病院で手当てを受けているアメリカ兵のことをジョンに伝えたかったが、お互い言葉がわからないため到底無理だった。そして、元安橋で見たアメリカ兵のことは、決して教えてはならないことだとも思った。

お腹が満たされた二人は、いつのまにか深い眠りに落ちていた。ジョンは君子に傷の手当てをしてもらい、穴の中もきれいになったことで少なからず落ち着きを取り戻したのだろう。一方の君子は、この二日間のことでさすがに疲れ果てていた。二人は深い眠りにつき、君子とジョンは久しぶりに夢を見ていたのだった。

夢と現実のうつろな眠りのさなか、君子はジョンのうめき声で目を覚ました。いつのまにか、ジョンの腕枕に横たわっていたようだ。

「ジョン、ジョン、大丈夫？　どうしたの？」

君子は慌ててジョンの体を揺する。

「Oh, My God!」

ジョンが突然、大きな声で叫んだ！　君子はびっくりして飛び起きる。

「I am sorry……」

しばらくして我に返ったジョンが、申し訳なさそうに君子に言う。

ジョンは汗をびっしょりかいていた。君子は手ぬぐいを桶に浸してきつく絞り、丁寧にジョンの体を拭いてあげる。ジョンは悪夢の影響か、まだ激しい呼吸をしている。

「ジョン、怖い夢を見たのね……」

君子はジョンの大きな肩を小さな腕で抱きしめた。ジョンはまた泣いた。その姿は屈強なアメリカ兵のものではなく、まだほんの二十一歳の若くて悲しい男の姿だった。

ジョンは再び君子のおでこにキスをするが、君子はもう拒まない。君子はまるで赤ん坊を寝かしつけるように、ジョンの肩をやさしくさすり続ける。ジョンは再び深い眠りについたのだった。

再び二人に朝が来た。

久しぶりに外では雨が降っている。まだ、黒い雨のようだ。最初の頃よりは色が薄くなっているが、やはり黒い雨だ。君子は外へ出ることもできず、二人は穴の中で一日中を過ごしていた。雨が降っている分、暑さは和らぎ幾分過ごしやすい。

君子は竹光さんからもらった治療手順が書いてある紙を眺めていた。ジョンはそれを興味深そうに横から見ていたが、突然、何かを書くようなしぐさをし始める。

「え？　何？　ジョン？」

君子はジョンが何を伝えたいのかわからない。ジョンはなおも何かを書くような仕草をしている。君子はその紙が欲しいのかと思い、それをジョンに手渡す。それでもジョンは首を横に振る。ようやく、ジョンが何か書くものはないかと言っていることがわかった。

「ジョン、鉛筆はないよ」

君子は困った顔をしていたが、英子おばちゃんの家の近くで拾った溶けかけの万年筆のことを思い出した。

「ジョン、ちょっと待ってて」

君子がポケットを探る。

「あった！」

しかし万年筆はかなり傷んでおり、書けるのかどうかわからない。それでも、君子はそれをジョンに手渡した。ジョンはうれしそうに万年筆の蓋を取る。そして紙の裏に何かを書こうとするが、やはりインクが出ないようだ。

君子は残念そうな顔をしているジョンの指から万年筆を抜き取り、ペン先を水に浸け、そして少しなめては温め、しばらくこれを繰り返す。紙に試し書きをしてみると、ついにインクが出てきた。

「Wow!」

ジョンはうれしそうな顔をして何かを書き始める。

初めて見る外国の文字だった。もちろん、君子には何が書いてあるかまったくわからない。ジョンは小さい字で紙の裏にびっしりと何かを書きつけた。そして、自分の持っていた身分証明書と家族写真を一緒に君子に手渡す。写真の裏にジョンの名前と何か文字が書いてある。戸惑っている君子の顔を見たジョンは、写真の裏に日本とアメリカの地図を描き、そして広島の位置ともう一か所、アメリカの地図の中に×印を付けた。君子はそれがジョンの住んでいる住所なのだろうと理解し、大きくうなずく。ジョンはその三つをまとめて、君子の手に押し付けた。

ジョンは何度もその紙を指さし、

「パパ、ママ、マリア」

と繰り返した。

それがジョンの家族への手紙ということは君子にも理解できたが、それを自分に渡して、その後どうしたらいいのかはまったくわからない。君子はそんな大事なものを預けられても……と思い、ジョンに返そうとするがどうしてもそれを受け取らず、どうしても君子に渡そうとする。君子は仕方なくそれを受け取り、なくさないように胸のポケットにしまい込む。ジョンは安心したようにうなずき、何度も君子の方を向いて両手を合わせていた。


それから二日間、君子は懸命にジョンの手当てを続けた。一日に二回、傷の洗浄と軟膏を塗ってあげることを繰り返し、包帯も不潔にならないように洗濯する。ジョンの体を丁寧に拭いてあげ、穴の中を掃除し、お粥を作り、水を運び、イモを掘り、君子は懸命に看護を続けた。

しかし、その時は突然訪れた。いつもの水汲みから戻った君子がジョンに声をかける。

「ジョン。……ジョン？」

返事がない。

穴の中を覗いた君子は、持ってきたばかりのやかんを放り出した。ジョンが大きないびきんを起こして穴の中で倒れている。

「ジョン！　ジョン！　どしたん？　ジョン？　しっかりして！」

君子は夢中でジョンの体をさすり続ける。ものすごい高い熱が出ていて、ジョンのけいれんが止まらない。

「ジョン！　しっかりして！　目を開けて！　ジョン！」

君子は泣きながらジョンにすがる。ジョンの呼吸が次第に浅くなり、喘《あえ》ぐようなものになっていく。そして、ついに止まったのだった。

「ジョン！　ジョン！」

君子は大声で叫び続けた。そのとき、君子は竹光さんの言葉を思い出していた。

何があっても、最後まで患者さんに寄り添うこと。

君子は竹光さんから教わった心肺蘇生を思い出した。小さな手で慣れないながら心臓マッサージを行い、迷うことなくジョンの口に自らの唇を重ねて人工呼吸を始める。辺りは不思議なほど静まり返り、いつものセミの鳴き声だけが響いている。君子は必死で蘇生を繰り返した。

穴の中に強い西日が差し込み、辺りは暗くなり始めていた。

ジョンの体は次第に冷たくなり、そして硬くなっていった。

ジョンは逝った。

母国から遠く離れたこの日本で、このヒロシマで、この山の中で、彼は息を引き取った。家族に看取られることなく、一人寂しく逝ったのだ。

戦争だから仕方ない？　アメ公だから？　そんなことはない。ジョンは、うちの大切な人じゃ。死んだらいけん、死んだらいけん、死んだら、いけんのんよ！

君子は声を上げていつまでも泣き続けたのだった。


辺りはすっかり暗くなっていた。日は西に沈み、月が東の空に昇っている。

君子は文子の形見のはさみを取り出す。

「文ちゃん、ごめんね。はさみ、ちょっとだけうちに貸してね」

君子はジョンの金色の美しい髪を少しだけ切り、預かった手紙に包んだ。

「ジョン。手紙はいつか、うちが絶対にアメリカのパパとママとマリアに渡すけんね。絶対渡しちゃる。約束じゃけえね」

君子はまた、いつまでも泣いた。そして泣き疲れ、君子はジョンの亡骸と一緒に眠りについた。

翌朝、ちゅんちゅんというスズメの鳴き声で君子は目を覚ました。あれだけのひどい爆撃があったにも関わらず、虫や小鳥たちがもう戻って来ている。何事もなかったかのように、空を悠々と飛んでいる。

隣で静かに眠っているジョンの体は、一段と冷たくなっていた。息を吹き返すことは決してないのだろう。写真に写る家族の顔を眺めることもできず、君子と笑い合うこともできないのだ。

しかし、ジョンの顔はきれいだった。金色のまつげ、大きな二重の目、高い鼻、そして薄い唇。今にも目を開けそうだが、二度と目を開けることはないのだろう。君子はおでこに初めてキスをした。ジョンの額は冷たく、そして固かった。

君子は壕の外へ出てみた。今日はいい天気のようだ。

君子は穴の裏側を掘り始める。ジョンに最後にしてあげられることだった。辺りは石だらけで手は血だらけになっていたが、構わず君子は掘り続けた。汗が吹き出し、また涙が出てきたが、君子は最後まで寄り添うことを心に決めていた。

「つらくなんかない。だって、自分はジョンに最後まで寄り添うことができるのだから……」

そう自分に言い聞かせて、君子は懸命に穴を掘った。

「ジョンは背が高いからね、ゆったりできるように大きなお墓にしないとね」

君子はジョンに語りかけながら、長い時間をかけて墓穴を掘り上げた。

君子は穴の中のジョンを外に出そうとするが、当然のことながら途方もなく重たい。痩せてしまっているとはいえ、もともと日本人とは圧倒的に体格が違うジョンを、しかも死んで硬くなった体を、小さな女子中学生が一人で穴から引きずり出そうとしているのだ。

それでも、君子は諦めることはなかった。ジョンの最後は自分が見送るんだという強い思いが、不可能を可能にしていった。少しずつ、大事に、ジョンを外に引きずって出していく。そして、ジョンの体をゆっくり穴の中に納める。

君子は預かった写真の裏に書いてある名前と住所を丁寧に書き写していく。初めて書く外国の文字で、どこを曲げてどこを伸ばせばよいのかよくわからなかったが、それでも丁寧に間違いのないように書き写した。

「ジョン、写真は一緒に入れておくけんね。パパとママとマリアは、ずっとジョンと一緒じゃけえね」

写真をジョンの胸に抱かせてあげる。

「ジョンの手紙は、うちが必ず家族に届けるけん。ジョンとの最後の約束じゃけん。どんなに時間がかかっても、うちが必ず届けるけん」

君子の目は涙でいっぱいだった。

「お腹が減ったらいいけんけえ、イモとお米も入れとくけんね。ジョンはアメリカ人じゃえけ、本当はパンが好きなんかもしれんけど、今はこれしかないけえ我慢してね」

傍らに残ったイモと米を置く。

「ジョン、さようなら……」

君子は泣きじゃくりながら土をかけ始めた。

少しずつジョンの姿が隠れていく。

「ジョン、ゆっくり休んでね。もう誰とも戦わんでええんじゃけ……」

誰にも掘り返されないように、野犬に荒らされないように、君子は丁寧に土をかけていく。そして、焼け残った板を組み合わせて十字架を作り、「ジョン御墓　昭和二十年八月」とだけ板に書く。ジョンと過ごしたのはたった九日間だったが、それでもとても長い九日間だった。

君子はジョンの冥福を心から祈った。痛くて、怖くて、寂しくて、情けない思いをしたジョンの冥福を心から祈った。

ジョンのはにかんだ笑顔を思い出す。水を口にしたときのうれしそうな顔を思い出す。彼は敵国人だったかもしれないが、それでも同じ人間だった。ここで眠るのは不本意かもしれないけど、ジョンの思いを必ずアメリカの家族に伝えることを心に決め、そして、ジョンに最後まで寄り添ったことを竹光さんに心の中で報告した。

そして、この丘から下っていった。

君子が広島駅に着くと、たくさんの人たちが地面に突っ伏して泣いている。何が起こったのかまったくわからない。

近くの女性に何があったのか尋ねてみる。

「あんた、知らんのね？　日本は、日本は負けたんよ……」

女が振り絞るような声で言った。

「日本が負けた……」

君子は混乱していた。何がどうなったのだろうか。ここ数日の惨状を考えると日本が負けることはわかりきっていたことだったが、それでも神国日本は絶対に負けることはないと、どこかで漠然と思ってもいた。むろんそれは、広島が仏さんに守られていて大空襲がないと思い込んでいたのと同様に、何の根拠もなかったのだ。

「さっきね、天皇陛下がラジオでそうおっしゃったんよ……」

天皇陛下が……君子はますます混乱していた。

あの陛下が？　ラジオで？　どういうこと……？

君子はにわかには信じがたく、その後に何人にも聞いてみたが、すべて同じ答えだった。

「戦争に負けた……」

大きな絶望感が君子を襲う。しかし、「戦争は終わった」のだ。

君子は運命の皮肉を呪った。もう少し前に戦争が終わっていたら、ジョンを陸軍病院に移すことができていたかもしれなかったのだ！　そう思うと、君子は悔やんでも悔やみきれない。そして、もっと前に戦争が終わっていれば、文ちゃんも英子おばちゃんも死ななくて済んだのだ。君子は声を上げて泣いた。日本が負けたからでは決してない。大切な人たちがたくさん死んだから泣いたのだった。

呉線が再開していた。

「音戸に帰ろう……」

君子は誰にともなく一人で呟いた。

車内では、人々がお互いを支え合っていた。大やけどで全身の皮膚が剥げた女性がつらそうに立っていたとき、かなり高齢のおじいさんが逆に席を譲る。女性はお尻の皮膚だけがかろうじて残っているようで、傷をかばいながらなんとか座ることができた。みんながお互いに手を握り合い、お互いを支え合っているのだった。

君子は出入り口近くに立っていた。片手は扉に、もう片手は吊革につかまって、倒れそうになりながらも懸命に自分を支えていた。海田市駅を過ぎると少しずつ人が減っていき、目の前の席が空いた。君子は足がパンパンに腫れて正直座りたかったのだが、近くに大きな荷物を抱えたおばあさんがしんどそうに立っている。君子はおばあさんに声をかけて席を譲ると、お婆さんは何度もお礼を言いながら深く頭を下げて、倒れ込むように席に座りこんだ。

「すまんねえ。お嬢ちゃんも足が痛いじゃろうに……」

おばあさんが君子の足を何度もさすってくれる。

「うちゃあ、大丈夫です」

君子は痛む足で懸命に踏ん張っていた。

坂駅を過ぎると、瀬戸内の海が広がる。キラキラした小さな波は、希望を胸に広島へ出かけてきたときと何も変わっていなかった。しかし、今はもう、君子の隣に文子は居ない。音戸に帰ったら、何と言えばいいのだろうか……文子の母親や幼い弟妹のことを思うと、君子の胸は張り裂けそうだった。それでも、呉駅が近づくにつれて君子の胸は躍るのだった。

海沿いから見える広島の街にはまだ煙が立ち込めており、空は黒い雲に覆われている。あの空の下には地獄があることを、この電車に乗っている人たちは、みんな知っているのだ。


電車はギシギシと音を立てながら呉駅に到着した。

相変わらず人は多いが、広島駅とは違ってここには生活の匂いが残っていた。大やけどを負った人を気味悪そうに眺め、ひそひそと何か言っている人も多い。人々の顔には一様に戦争に負けた失望感と、そして戦争が終わった安堵感が見て取れる。

音戸行きのバスは走っているんだろうか。

うちゃあ、もうお金もないけん切符も買われん、それでも音戸に帰りたい……。

君子はすがるような思いでバス乗り場に向かう。

「あのう……」

君子は車掌さんに声をかける。

「あのう、うちゃあお金がないんじゃけど、音戸の船着場まで乗せてくれませんか」

「はあ？　お金がなかったらバスは乗れりゃあせんよ」

「うちゃあ、広島から戻って来てもうお金がないんです」

君子はそこにうずくまった。

「かわいそうにのう、乗せちゃれえや」

バスを待っていた知らないおじさんが言ってくれるが、車掌さんはまだブツブツ何か言っている。

「お嬢ちゃん、わしがバス代を出しちゃるけえ乗りんさい。おい、車掌！　なんぼや！」

「すいません……」

君子は消え入りそうな声でお礼を言う。

「ここへ座りんさい」

今度は知らないおばさんが席を空けてくれる。

「あんた、広島から戻ったんね？」

「はい……」

「そりゃ、大変じゃったねえ」

「はい……」

君子の目に涙が溢れる。

「もう大丈夫じゃけんね。戦争は終わったんじゃけえ」

おばさんが君子の肩を抱く。

「こがあにやけどしてから、かわいそうにねえ。痛かろう」

おばさんも涙声になった。

「大丈夫です。うちゃあ、こうやって生きて帰ってこれたんで」

「ほうね、ほうね。そうじゃね、生きて戻るんが一番の親孝行じゃね」

広島ほどではなかったが、呉も大空襲で街の中心部がことごとく破壊されていた。特に、海軍の拠点である軍港近辺の空襲はひどかったようで、焼け野原が広がっており、海軍工廠《こうしょう》も海軍軍需部も破壊しつくされている。しかし、広島の惨状を目に焼き付けてきた君子には、何かを感じる力は残っていなかった。

バスが宮原を通過して警固屋《けごや》を過ぎると、懐かしい音戸の瀬戸が見えてきた。渡し舟が相変わらず黒い煙をポンポンと立ち上げている。

もうすぐお父ちゃんに、お母ちゃんに、おじいちゃんに、お兄ちゃんに会える。そう思うだけで、自然と涙がこみあげてきた。何もかもが懐かしい。たった十日ほどしか経っていないのに、君子は何年もここに帰ってきていないような気がした。船着場の海の匂い、さざ波、かび臭い待合室、牡蠣殻がへばりついた岸壁、そして島の人たち……。

今度はバスのおばさんが船賃を出してくれ、君子はいつもの足場の悪い板を渡って船に乗り込んだ。

潮風が君子の顔をやさしくなでる。つらかったヒロシマの記憶を一緒に吹き飛ばしてほしいと願うが、決して消えることはない。船はいつものように十分ほどで対岸に着いた。

「文ちゃん、音戸に帰ってきたけんね。一緒に帰ってきたけんね……」

君子は文子のはさみ袋をぎゅっと握りしめた。

音戸の石灯籠が、いつものように君子を迎えてくれる。

「ただいま……」

君子は誰にともなく呟いた。そして、いつものあぜ道を登っていく。草の匂いが懐かしい。いつも文子と一緒に通ってきた道だ。しかし今は、文子は君子の胸に抱かれている。

坂を上りきると、乗ってきたポンポン船が眼下に見える。君子の体には、もうこれっぽっちも力は残っていなかったが、一刻も早くお父ちゃんに、お母ちゃんに、おじいちゃんに、お兄ちゃんに会いたいという思いだけが、君子を奮い立たせた。傷む足を引きずりながら懸命に家をめざした。

暑い。とにかく暑い。つらい。とにかくつらい。しかし、音戸に戻ってこれたことが心の底からうれしかった。

お寺の角を曲がると懐かしい家が見えてくる。門扉を開けて中に入るが、人の気配がない。玄関の扉はいつものように開けっぱなしだ。君子はそのまま土間に向かう。

お母ちゃんが、少し痩せた気がするお母ちゃんが、炊事場で豆を洗っている。

「お母ちゃん……」

君子が声をかけるが、綾子は気付かない。

「お母ちゃん」

もう一度、今度は少しだけ大きい声で言う。

お母ちゃんがゆっくりとこちらを振り向いた。

「き、君子!?」

綾子は持っている茶碗を落とす。

「君子、ね!? ほんまに君子ね!?」

「お母ちゃん!!」

君子はそのままお母ちゃんに抱きついた。

「君子、生きとったんね！ 生きとったんね！」

綾子は君子を強く抱きしめる。

「君子が生きとった……君子が、生きとったあ……」

お母ちゃんは声を上げて泣いている。君子も泣きじゃくった。

「お父ちゃん！　お父ちゃん！　君子が、君子が生きとったあ！」

薫と徹が転げながら駆け込んでくる。

「君子!!」

薫は幻でも見ているかのように叫んだ。

「君子……良かった……良かったのう……」

兄ちゃんが泣きながら裸足で駆け寄ってくる。君子はこれまでこらえていた緊張の糸がぷつりと音を立てて切れ、そして号泣した。

「こんとにやけどしてから……手も足も傷だらけじゃないね。痛かったじゃろ……痛かったじゃろ……」

綾子は君子の全身をさすりながら泣きじゃくる。

「すぐに上田先生のところへ行かんにゃあ！」

「わしが先生連れてくる！」

徹がいきり立って言うやいなや、飛び出していった。

「うちゃあ、水が飲みたい……」

君子は土間に座り込んで一口、水をすすると、そのまま気を失った。


先生が帰ってしばらくして、君子はようやく意識を取り戻した。

君子はヒロシマの悪夢にうなされて、泣きながら目を覚ました。脇にはお父ちゃん、お母ちゃん、兄ちゃん、そしておじいちゃんが心配そうに周りに座っている。体はすでに傷の手当てがされており、全身が包帯だらけだった。そして黄色い点滴がぶら下がっている。

「お母ちゃん……」

君子は弱々しい声で呟いた。

「もう、大丈夫じゃけん。君子、よう帰って来たね」

綾子は君子を抱きしめた。


新型爆弾が落とされた翌八月七日、薫と綾子は君子を探しに広島に向かった。そして、広島駅の一つ手前の向洋《むかいなだ》駅まで着いたところで、憲兵から広島に入ることを止められた。綾子はなんとしても広島まで行くと言ってきかない。電車はまったく動いていなかったため、二人は向洋駅から広島駅まで歩いていった。

そしてあてもなく、広島市内を歩き回り君子の姿を探し続けた。三日ほど歩き回ったあげく、綾子は衰弱のため倒れてしまう。幸いにも焼け残った自転車屋の奥さんがお世話をしてくれたおかげで、綾子は一命をとりとめた。

薫は綾子の身を案じ、断腸の思いで音戸に戻ることにした。あのまま広島で君子を探し続けていたら、二人とも命を落としていたかもしれない。そして、綾子は君子を連れて帰れなかったことを悔やみ、自ら死を選ぼうともしたのだった。

君子はただ泣きながら、その話を聞いた。現実はどこまでも残酷だった。何が正しくてどうすることが正しかったのか、誰にもわからなかったし、どこにも正解は見つけられない。それでも君子は生きながらえ、文子と英子は向こうへ行った。そのことだけが現実なのだ。

「君子!!」

誰かが大きな声で玄関から駆け込んでくる。

「君子!?」

平吉だ。

「君子……」

平吉は泣き崩れ、わんわんと泣いた。

「平ちゃん、よう来てくれたね。君子が、帰って来たんよ」

お母ちゃんが平吉を君子の傍らに座らせる。

「おばちゃん、君子が生きとったあ……」

平吉は子どものように泣き続けている。

「平吉の泣き虫……」

君子はほんの少しだけ笑っている。

「何じゃとう……君子のばかたれ……」

平吉はなおも泣いた。

「君子のばかたれがあ……心配させくさってから……」

平吉も泣きながら少しだけ笑う。

「文子は、文子はどうしたんじゃ？」

平吉がそう尋ねた瞬間、君子の顔が曇る。

「文ちゃんは、文ちゃんは……」

君子はまた泣き崩れた。薫も綾子も言葉を失う。

「君子、泣くな！　君子のせいじゃないんじゃけん！　アメ公が、アメ公が悪いんじゃけん！」

平吉が君子の手を握る。

「ほいでも、うちだけが生き残ってしもうてから……文ちゃんに申し訳ないんよ。うちゃあ、どうしたらええんね……」

君子は泣き続ける。

「君子、泣くな！　わしも兄ちゃんが特攻で死んだんじゃ……アメ公の空母に突っ込んで名誉の戦死をしたんじゃ」

平吉は唇をかんだ。

「ほんまね……」

君子はかける言葉を失った。

平吉が大好きだった茂兄ちゃんが死んだ。信じられないし、信じたくなかった。平吉の悲しみはどれほどだろうか……。

「ほいでもの、わしはこうして生きとるんじゃ。わしはの、兄ちゃんの分まで生きるんじゃ。兄ちゃんの分まで生きて生きて生きて、お母ちゃんと妹を守るんじゃ！」

平吉は涙をこらえながら強く言った。

「ほじゃけん、君子も文子の分まで生きんといけんのんじゃ。文子の分まで二人分生きるんじゃ！」

君子の手を強く握る。君子は泣きながら大きくうなずくことしかできなかった。

「平ちゃん、今日は来てくれてありがとね」

お母ちゃんが玄関先で平吉を見送りながら言う。

「おばちゃん、ほんまに良かったね。わしゃあ、もう君子には会えんのんかと思うとった。兄ちゃんが死んで、君子まで死んだらわしゃあ、もう……」

平吉はまた涙ぐむ。茂兄ちゃんが死んだことに、まだ心の整理がついていないのだった。

「平ちゃん、これ持って帰りんさい。お母ちゃんによろしゅう言うといてね」

お母ちゃんが平吉に白米を渡す。

「おばちゃん、ありがとう」

平吉が深く頭を下げる。

「何か困ったことがあったら、いつでも言いんさいよ」

「はい、ありがとうございます」

平吉は兄を失った深い悲しみが再び去来し、そして、思いを寄せていた君子が自分の目の前に戻ってきてくれた喜びで混乱していた。

平吉はお母ちゃんの胸でまた号泣したのだった。


「さあ、今日はお祝いじゃ！」

おじいちゃんがいつになく元気に張り切っている。

「君子、じいちゃんが魚さばくけえ、いっぱい食えよ」

「おじいちゃん、大丈夫？」

お母ちゃんが心配そうに言う。

「大丈夫じゃ。綾子さん、あんた、ちょっくら早瀬まで行って、魚をもろうてきてくれえや」

「じいさん、わしが行ってくるわ。綾子、お前は飯の準備せえ。ごちそうで！」

お父ちゃんも張り切っている。

「わかっとるわいね！」

お母ちゃんはもう台所に立っている。

「やったあ、君子が戻って来たけえ、今日はごちそうじゃ！」

兄ちゃんも傍で小躍りしている。

久しぶりの家族のひと時だった。


その晩、君子はお父ちゃんとお母ちゃんと兄ちゃんと四人で並んで寝た。

柔らかい布団で寝ることができる日が来るとは、あの日以来、思いもよらなかった。ふと目が覚めると、まだ暗い穴の中にいるのでは……と夜中に何度も目を覚ましたが、横にはお母ちゃんの顔があり、お父ちゃんと兄ちゃんの大きないびきが聞こえる。そうして、君子は安堵して再び眠りにつけるのだった。

　君子が目を覚まして布団から起き上がったのは、翌日のお昼前だった。

「君子、よう寝れたか？」

　薫が尋ねる。

「うん」

　君子は少し恥ずかしそうに答えた。

「君子、いびきかいとったで」

　徹が笑いながらからかう。

「うちゃあ、いびきなんか、かきゃあせん！」

「かいとったで！　ゴーゴーいうて」

　徹が大げさにいびきのまねをする。

「兄ちゃんのばかたれ！」

「もう、また前の通りじゃね」

　お母ちゃんがあきれたように、でも、うれしそうにしている。

「君子、顔洗うて朝ごはん食べんさい」

　君子は縁側に出て大きく伸びをした。

キラキラした海も、お寺の大きい銀杏の木も何も変わっていない。

朝ごはんは甘い卵焼きが付いていた。君子の大好物だ。

「ええのう、君子だけ卵焼きが付いとる」

徹が口をとがらせている。

「また徹がいやしいことを言いよる！」

お父ちゃんがラジオを直しながら兄ちゃんをたしなめる。


朝食を済ませた後、君子は縁側でぼーっと海を眺めていた。

「ほうじゃ。君子、つらいじゃろうが、文ちゃんのお母さんにちゃんと報告しに行かんにゃいけんね。お母ちゃんも一緒に行くけえ」

「うちゃあ、行きとうない……」

君子はうつむいている。

綾子はしばらく考えていたが、静かに呟く。

「ほうね。それじゃあ、お母ちゃんが行ってくるけん」

「やっぱり、うちも行く……」

君子は消え入るような声だ。

「ええんよ、君子。まだつらいじゃろうけえ、うちが行ってくるけえ」

綾子は君子の肩を抱いてあげた。

「いや、お母ちゃん、うちはやっぱり行く。文ちゃんのこと、おばちゃんにちゃんと話す。うちがちゃんと話さんにゃあ、文ちゃんのことはうちにしかわからんのんじゃけえ」

君子は三人の形見がないことに気付く。

「お母ちゃん、うちの制服は？」

「ありゃあ、ぼろぼろじゃったけ、捨てようかと思うて裏に出しとるけど？」

「だめよ！　大事なもんが入っとるんじゃけえ！」

「ちゃんと取っとるよ」

綾子は三つの包みを差し出した。

「ああ、良かった……うちゃあ、これがなかったら死んでも死に切れんよ」

「死んでもなんて、そがあなことはもう言いんさんなよ」

お母ちゃんがつらそうな顔をしている。

「もう、これ以上、人が死ぬのは見とうないけん」

「ごめん……」

戦争で人々に刷り込まれた悲しみは、決して癒えることはない。

「お母ちゃん、うちゃあ、文ちゃんところへ行って、ちゃんと話せるけえ」

「大丈夫なん？」

「うん、大丈夫」

君子はもう迷わなかった。

「それとね、お母ちゃん」

君子は続けた。

「英子おばちゃんのことなんじゃけど……」

あの二日間、英子おばちゃんが本当によくしてくれたこと、病院で竹光婦長さんにいろんなことを教えてもらったこと、文子が髪結いになりたかったこと、そして……英子おばちゃんが亡くなったことを、ひとつひとつ丁寧にお母ちゃんに話した。そして、英子おばちゃんの形見の櫛を手渡したのだった。

「ほうね……君子、ありがとね。ちゃんと英子さん、見送ってくれたんじゃね」

綾子はまた涙を拭いた。

「この櫛は仏壇にお供えして、今度、ちゃんとご供養してから尾崎家のお墓に入れさせてもらおうね」

綾子は大事そうに櫛を受け取った。君子はようやく一つ安心できたのだった。

文子の母は、そのときの様子を聞いて泣き崩れた。君子は泣きながら頭を下げる。

「うちが、うちが助けてあげられんかったけえ……」

文子の母は君子を抱きしめるしかなかった。

「君ちゃん、ありがとね。文子を見取ってくれて、ほんまにありがとね」

文子の母は心の底から感謝していた。

「あの子が髪結いになりたいなんて、全然知らんかった……」

文子の母は形見のはさみと、そして文子の髪の毛を抱きしめる。まだ幼い弟と妹は、そんな母親の服の裾をぎゅっと握って、黙って座っている。

「文ちゃん、ものすごいうれしそうじゃったよ……」

君子は文子の笑顔を思い出して呟く。

「ほうね。最後に文子が幸せじゃったんなら、それで……それで、良かったわ」

文子の母は思いを振り絞るように言う。

「君ちゃん、文子のこと、いつまでも忘れんとってね。今日は来てくれて、本当にありがとね。文子の分までしっかり生きるんよ」

文子の母は君子の手を強く握った。

文子の家からの帰り道、君子はどうしても胸の奥につかえていた気持ちをお母ちゃんに話すことにした。

「うちが広島に誘ったけん、文ちゃんが死んだんじゃと思うと、うちはつらいんよ……」

「君子、お母ちゃんはそれは違うと思うよ」

綾子は君子の手を取って続ける。

「人の運命は誰かが決めるもんじゃないんよ。君子と文ちゃんがこの時代に生まれたのは運命じゃし、戦争に巻き込まれたのも運命じゃった。それは不幸なことじゃったかもしれん。広島に新型爆弾が落とされたのも運命じゃったし、そのときにあんたらがそこに居ったのも運命じゃった。誰かを恨んでも、誰かを責めてもいけんのよ。もちろん、自分自身もね。じゃけどね、運命は自分で切り開いていけるものだと、お母ちゃんは思うよ」

綾子は静かに言った。

「君子、これからどんなことがあっても前を向いて生きていくんよ。せっかく天から授かった命じゃけんね。あんたが生まれたとき、お父ちゃんもお母ちゃんもおじいちゃんもお兄ちゃんも、そりゃあもう大喜びじゃったんじゃけんね。しっかり前を向いて、文ちゃんの分まで生きていきんさい。あんたは一人じゃないんじゃけえ。お父ちゃんもお母ちゃんもおじいちゃんもお兄ちゃんも、そして文ちゃんもついとるんじゃけえ！」

綾子は君子を抱きしめた。

君子は自分の運命を呪いながら、そして自分の運命に感謝しながら、いつまでもお母ちゃんの胸で泣いたのだった。

［第二章］

遠い空の彼方へ

健一は祖母が話してくれたすべてに言葉を失っていた。

広島に生まれ、広島で育った自分がまったく知らないヒロシマの記憶と想像を絶する事実に触れ、ただ戸惑うだけだった。自分と同じような、いや自分より年下の若者たちがそんな過酷な現実に遭遇し、悲惨な運命を呪い、そして乗り越えてきたことに、驚愕するとともに自身の幼さに戸惑うばかりだった。

「健ちゃん、こんな話をして、ごめんね」

「いや……でも、ちょっとびっくりした」

健一はすぐには返す言葉が見つからない。

「健ちゃんは将来、お医者さんになるんじゃけえ、いつかこの話をしとこうと思っとったんよ」

君子は静かに言った。

「ジョンのお墓を造ったところは、今はもう住宅地になっとるけん、あそこにはお墓参りはできんのよ。じゃけん、毎年、原爆の日にあの元安橋のたもと、そう、別のアメリカ兵さんが亡くなっていたところに手を合わせよるんよ」

「そうじゃったんじゃね……」

健一は君子が毎年、元安橋のたもとで深く祈っている理由を初めて知った。

「うちがあそこでご供養することで、少しでもジョンが喜んでくれたらと思うてね……」

そう言って、君子は涙ぐむ。

「でも、ばあちゃん、看護師にはならんかったんじゃね？」

健一は少しためらいながら君子に聞いてみたが、少し酷な問いかけだったかもしれないと、口に出した瞬間に後悔もしていた。

君子はその後、結局看護学校には進まず、音戸高校の普通科から京都の短大に進み、広島で高校の家庭科の教師になった。そして、今はもう亡くなった祖父に出会い結婚した。祖父は地元の自動車会社の下請けを経営しながら一定の成功をおさめたが、父はそれを継がなかったため、祖父が亡くなったのを機に経営権を人に譲っていた。

「ほうじゃね。うちは……看護婦にはもう、なれんかったわいね」

君子は少し寂しそうに言った。

「ジョンのお世話が、うちの看護婦としての最初で、そして最後の仕事じゃったね」

健一はそれ以上は何も尋ねなかった。

ジョンの看護が君子にとってこの上なくつらかったことは、容易に想像できたからだ。配慮のない問いかけをした自分に、腹が立っていた。

「ほいでの、健ちゃん。これがそのときの身分証明書と手紙なんじゃ……」

君子は縁がボロボロになった小箱から古ぼけた紙の包みを取り出す。

「うちゃあ、早うパパとママとマリアに渡さんにゃあいけんと、ずっと思うとったんじゃけど、どうしたらええかわからんまま、ずっと置いてしもうとったんよ」

君子はまた涙ぐむ。

「健ちゃん、見てくれるかいの?」

君子は包みを慎重に開いていく。

包んであった油紙はボロボロになっており、健一は開いた瞬間、七十年前の匂いがするような気がした。中にはセルロイドのカード入れに入ったアメリカ空軍の身分証明書とジョンが書いた手紙、そして、ボロボロになった金色の髪の毛が入っていた。君子のとても大切なジョンの髪の毛であることは十分にわかっているものの、どこか薄気味悪さを感じるのも健一の正直な気持ちだった。

「ばあちゃん、ちょっと待ってて」

健一は台所からラップを持ってきて髪の毛を丁寧に移し、ゆっくりと包んでいく。そして、慎重にカード入れを開いた。そこには「U.S. Airforce Airman　John Thompson」と記してある。

さらに裏を探ると、一枚の写真が出てきた。ジョンが出兵前に友人たちと撮ったもののようだ。軍の施設だろうか、何か大きな建物の前で十人ほどの軍服姿の青年たちが笑顔で写っている。

「ばあちゃん、これ……」

健一はそれを君子に手渡した。

「写真がほかにもあったんじゃね……全然、気が付かんかったわ」

君子は驚きながら写真を眺め、

「ジョンじゃ……」

と呟きながら涙をこぼした。健一は君子の背中をさする。

「ばあちゃん、どれがジョン?」

写真を覗き込みながら健一が尋ねる。

「これが……これがジョンじゃ……」

君子は真ん中に立つ背の高い男性を指さす。

「へえ、かっこいいじゃん」

健一は素直に言った。

そこには、凛とした精悍な表情の中にも幾ばくかのあどけなさの残るジョンの笑顔が写っていた。ジョンはひときわ背が高く、がっちりした体格だった。当時の日本人と比較すると格段に大きな男だっただろう。

「ほうじゃろ? かっこええじゃろう」

君子は少しうれしそうに、そして少しはにかみながら言った。その表情はどこか少女のようだ。

「でも、ばあちゃん、ジョンの住所とかは？」

「それはここに……」

君子は手紙の裏を指さす。

「Pasadena……パサデナってどこだろう？」

健一はしばらく考えて、

「そうじゃ。ばあちゃん、ちょっと待っとって」

健一は自分の部屋に駆け上がりノートパソコンを持ってきた。

「ちょっと待ってよ」

健一は急いでパソコンを起動させる。

「健ちゃん、何するんね？」

君子は戸惑った顔で見慣れないパソコンの画面を眺めている。

「まあまあ、ばあちゃん。ちょっと待ちんさい」

いつもよりパソコンの起動が遅く感じられる。

グーグルアースを立ち上げ、ジョンの住所を検索すると、パサデナに関連する情報が画面に出てくる。「パサデナはロス郊外の高級住宅地で、アメリカンフットボール・大学リーグのローズボウル開催地で、ローズ・パレードでも有名である」とウィキペディアに書いてある。

「何ね？　こりゃ？」

君子はわけのわからない表情で画面を見つめている。

「ここが住所のところじゃよ」

健一はある一軒の家を指さす。広い芝生の庭と品の良いお屋敷という典型的なアメリカのアッパーミドルクラスの住宅だ。

「何ね？　これがジョンの家ね？」

君子は信じられない顔をしている。

「う～ん、今はジョンの家かどうかはわからんけど、この住所はここなんよ」

健一は答える。

「健ちゃん、あんた、なんでジョンの家を知っとるん？」

君子にしてみれば当然の質問である。君子にグーグルアースの説明をするのは至難の業だとわかってはいるが、一応説明をしてみた。

「へえ、うちゃあ、びっくりしたわいね。今頃はこんなことができるんね？」

君子は画面を食い入るように見ている。どこまで理解しているのだろうか……。

「ちょっと待ってよ」

健一は住所を登録し、新たに自分の住所を入力して画面を切り替える。

「ほら、ばあちゃん。うちじゃ」

画面に健一たちが住んでいる家が映し出された。

「ほんまじゃ！　うちの家じゃ！」

君子は改めて驚いている。

「うちが映っとる!!」

確かに、ちょうど君子が家の前にいるところが画面に映っている。

「へえ、信じられん！　いつのまに撮ったんじゃろうか？　うちゃあ、全然気が付かんかった。でも、うちゃあ、今家の中に居るのにおかしいのう？　それにしても、このテレビはすごいのう」

君子はパソコンの後ろ側を見ながらカメラを探している。やはり、君子は理解できていないようだ……。

「ばあちゃん、こりゃあテレビじゃないよ。パソコンじゃけえ。住所がわかれば、インターネット回線で世界中どこでも見れるんよ」

健一に言われても君子はまったく理解ができず、まだ信じていない様子だ。

「もう一回、ジョンの家を見せて」

健一は画面を切り替え、かなり広い範囲から絞り込む形で家をズームアップする。

「ほお～」

君子は改めて感心したように声をあげる。

「ええとこじゃねえ」

「ほじゃけど、ジョンのパパとママはもう亡くなっとるじゃろうね……」

君子は申し訳なさそうに呟く。

単純に計算しても、生きていれば百二十歳くらいになる。マリアも生きているかどうかはわからない。生きていたとしても八十歳は確実に超えているだろう。ほかに身内がいるのだろうか。

「健ちゃん、うちはどうしたらええんかね？　ずっと、どうしたらええんかわからんかったけえこのままになってしもうた。ジョンと約束したのに、ジョンの手紙を渡せんかった……」

君子はうつむいたまま涙声だ。

「ばあちゃん。ジョンの手紙、渡そうや！」

「ええ？　どうやって？」

君子はかなり驚いている。

「う〜ん、どうしたらええかね……」

頼りなさそうに答える健一に、

「もう、健ちゃんたら！　うちゃあ、期待したわいね」

君子はあきれたように言ったが、

「ばあちゃん、わしはなんとかなると思うし、なんとかしてあげるよ」

健一は力強く言った。

「まあ、期待せんと待っとるわ～。うちは七十年我慢してきたんじゃけえ、もう諦めとるんよ。うちが死んだら、この手紙も一緒に焼いてえね」

君子は手紙を箱に納めようとする。

「ばあちゃん、ちょっと待って。それ、コピーさせて」

健一は身分証明書をプリンターで破れないように慎重にコピーする。

「ばあちゃん、俺に任しときんさい！」

健一は君子の方に向かって親指を立てた。


健一はおばあちゃんの思いをなんとか、かなえてあげたいと思った。

パソコンを自室に持って上がると、早速「被爆米兵」で検索してみた。思った以上に多くの記事が掲載されている。中には、当時は十人以上の米兵が捕虜として広島で被爆したこと、全員が死亡したこと、そしてその存在を初めて明らかにしてアメリカの遺族とコンタクトを取った男性の記事などが載っていた。健一にとっては未知の世界でどれも初めて知る内容であり、どの記事の内容も新鮮で衝撃的なものだった。もしかしたら、ジョンのように捕虜とならずに死んでいった米兵が他にもいたかもしれない。

健一はまず、東京のアメリカ大使館に電話をしてみた。しかし、軍関係の情報はやはり機密事項に属するもので、簡単に情報を入手することは難しそうだ。しかも、健一のような学生が電話をかけたたところで何かしら対応してもらえることは、到底ありえない。それに、もう七十年も前のことである。記録が残っているかどうかも怪しいのだ。

健一はどうしたらいいか途方に暮れた。しかし、君子の言葉が頭をよぎる。

「あのときは本当に何にも物がなかったけど、いろいろ考えて、ジョンがどうにか助かるようにいろいろ考えて、そこらにあるもんでなんとかしたんよ」

そこにあるもんで、できることをいろいろ考えて……。

おばあちゃんがあれだけ不自由な時代に、あれだけいろいろ考えて、あれだけのことをしたのに、この便利な時代に自分が何もできないことは、まったくあり得ない。健一はできるだけのことをしようと心に決めた。

「健一～、晩ごはんよ～」

階下の洋子が声をかけるが、ネットに夢中になっている健一はまったく気が付かない。

「健一～！　何回呼ばせるんね！」

洋子がさらに大きな声で健一を呼ぶ。

「うるさいなあ、もう……」

健一はようやくパソコンを閉じて下に降りる。

「もう、何回も呼ばせてから」

洋子は機嫌が悪い。

「今日はお昼にごちそうを食べたんじゃけえ、夜はこれだけじゃけえね」

食卓には昼の残りのちらし寿司とお吸い物、そして、冷蔵庫に残っていた貰い物のシュウマイを蒸したものだけだ。

「ちぇっ、シュウマイ蒸しただけじゃんか」

健一がブツブツ文句を言う。

「黙って食べんさい！」

洋子に叱られた健一は仏頂面で冷蔵庫から缶ビールを取り出す。

「ほんま、ネットばっかりしてから」

健一は返事をしない。

「まあ、ええじゃないね。夏休みなんじゃけえ」

君子が洋子をたしなめる。

「もう、ばあちゃんは健一に甘いんじゃけえ」

「うちがちょっと、健ちゃんに調べもんを頼んだんよねえ」

「ええ？　ばあちゃんが調べもの？　何なん？」

「そりゃあ、言われん。秘密じゃけえ」

君子は健一の方を向いていたずらっぽく笑う。健一も返事をせずにニヤニヤしている。

「もう、何？」

洋子が不満そうに尋ねる。

「もうちょっとしたら教えたげるけえ」

「もう、何ね？　二人ともうちだけハネにしてから、感じ悪いわあ」

洋子は不機嫌そうに言って、一つ残っていたシュウマイに箸を刺した。


「ばあちゃん、ちょっとええかね？」

夕食が終わり、自分の部屋でくつろいでいた君子に声をかける。

「ばあちゃん、ジョンの名前をネットに出してもええ？」

「何ね？　うちゃあ、ようわからんけえ、健ちゃんに任せるけん」

「わかった」

「ばあちゃんが話してくれた内容を、ちゃんと記事にしてからネットに載せてみるけん。そうすると、何か情報が入るかもしれんけえ」

「ほいでも、ジョンの家族はアメリカ人なんよ？　アメリカに居るんじゃろうし、日本語はわからんじゃろ？」

君子がいぶかしそうに言う。

「ばあちゃん、心配しんさんな。ネットは世界中どこでも見れるんじゃけえ。ちゃんと日本語と英語で作ってアップするけえ」

「はあ、うちにゃあ、ちんぷんかんぷんじゃわ。健ちゃん、よろしゅうお願いします」

「オッケー。ジョンの家族が見つかったらええね！」

「ほうじゃね。そしたら、うちも安心してじいちゃんのとこへ行けるわ」

「え〜？　まだまだじゃろ？」

健一は笑いながら君子を見つめていた。


その日、健一は大学の弓道部の一つ後輩で、薬学科の博子と映画に行く約束をしていた。まだ付き合い始めて日も浅く微妙な関係ではあったが、健一は博子と会っているときが一番楽しかった。

「素敵な映画だった〜」

博子は熱々のカフェラテを楽しみながら、さっき観た映画の余韻に浸っている。フランス映画の恋愛もので、正直、健一には少々退屈なものだった。

「うん、そうだね」

健一は軽く合わせておく。

「でしょ！　なんか秘めたる愛っていうか、素敵よねえ。最近の映画って、なんだかあけすけな愛情表現ばかりって感じで、正直、辟易《へきえき》しちゃうのよねえ」

確かに今日の映画は、男女が思いをうまく伝えあうことができず、いくつかの山や谷を乗り越えながらお互いを深く思いやり結ばれるという、今の時代にはなんとも珍しい古風なストーリーだった。

しかし博子には、それが逆に新鮮に感じられたのだった。

「秘めたる愛か……」

健一は君子の話を思い出していた。

あれはもしかしたら、君子の初恋だったのかもしれない。恋とは人を慈しみ、思いやり、そして支え合うものだと思う。戦争という極限状態の中でも、そしてジョンが敵国であるアメリカの兵士だったとしても、君子は一人の人間としてジョンをなんとか助けたいと思い、慈しみ、思いやったに違いない。そんな君子とジョンの交わした約束を、健一はなんとかかなえてあげたいと心の底から強く思っている。

「どうしたの？　ぼ〜っとして」

健一は博子から声をかけられて我に返った。

「いや、ちょっと……」

「ちょっと、何?、ほかの女の子のことでも考えてたのかしら〜?」

博子が少し意地悪く健一の顔を覗き込む。

「いや、そうじゃなくて」

「そうじゃなくて、何なの？」

「実はね……」

健一は冷めかけたコーヒーを一口含み、君子の話を始めた。


話を聞き終えた博子は何も言わず、ただ涙をこぼしている。

「ごめんね。せっかくいい映画見た後なのに、こんな暗い話して……」

博子は大きく首を振ると、もう一度涙をぬぐった。

「びっくりした。そんなことがあったなんて……そんなことが現実にあったなんて……」

健一も君子から初めて話を聞いたとき、同じように感じたことを思い出す。

原爆の悲惨さや被爆者の方々の残酷な話の数々は、広島で生まれ育った人間として数多く耳にしてきていたものの、それでも君子の話は衝撃的だった。

「なんとかおばあさまのお約束、かなえてさしあげたいわね」

博子も健一と同じ気持ちではあったが、自分にもどうしたらいいのかすぐには思いつかない。

「私も自分のブログに記事を作って載せてみるわ。近いうちにおばあさまにお目にかかって、詳しいお話を聞けたらいいんだけど」

　博子が協力してくれることが素直にうれしかった。

　博子も祖父を戦争で亡くした。一人残された祖母も被爆者で、五人の子どもを懸命に育て上げ、そして甲状腺がんで早逝したのだった。もちろん博子は祖父の顔は知らず、祖母がときおり、仏壇の前で悲しそうな顔をしながら、静かに話しかけていたのをおぼろげに覚えているだけだ。その分、君子の話は亡くなった祖母と重なり、他人事とは思えないのだった。


　博子から連絡があったのは、それから二日後だった。

「私が通っている英会話スクールの先生のおじいさまが、戦後すぐに横浜の米軍基地に居て、何か軍関係のお仕事をしていたって聞いたことがあるわ。もしかしたら、何か情報が得られるかもよ」

　スマホの通話口から博子の快活な声が聞こえてくる。

「本当に？」

　なかなか手がかりが得られなかった健一にとって、わらにもすがる思いだ。

「七十年も前のことだから正直、ちゃんとした記録が残っているかどうかわからないけど、とりあえず、できるところから始めてみようよ」

博子は電話越しに微笑む。健一から聞いたジョンの所属や住所を基に英会話スクールの先生に話をしてみたのだが、正直、有益な情報が得られる確約などない話である。それでも、健一や君子の役に立ちたいと心から思うのだった。

健一は君子から聞いた話を基に、日本語と英語で記事の作成に取りかかった。

ジョンの写真もアップして、記事に添付することにした。英語は大学の英会話サークルの友人に頼み込み、アメリカ人の留学生に添削してもらうことになった。留学生も記事の内容を知るととても驚いた様子で、早速協力を申し出てくれたのだ。彼は広島大学の大学院に留学し、「放射線災害復興を推進するリーダー育成プログラム」に参加している。幼い頃に横浜に住んでいたことがあり、日本語も流暢《りゅうちょう》だ。

「このたびはありがとうございます。尾崎健一です」

健一は少し緊張気味に挨拶する。

「はじめまして、リチャード・マクガレンです」

彼が話す日本語は訛《なま》りや直すところがまったくない、ほぼ完璧な発音の日本語だ。健一は外人特有の愛想の良さと、そのギャップに少し戸惑った。健一は日本人特有の曖昧な微笑みを浮かべることしかできない。

「正直、この話、最初はとても信じられませんでした」

彼の正直な感想だろうと思った。

健一自身もいまだに、本当のことなのだろうかと心のどこかで思っている自分も居る。しかし、君子の思いつめた顔を思い出すと、即座にそれを否定せざるを得ない。

「あの……原爆のことは……」

リチャードがその先を言いよどむ。

実は健一も、随分戸惑っていた。アメリカ人と原爆について話をするのは初めてだったからである。

「あの……アメリカ人としては何と言ってよいのか……」

リチャードがうつむく。

「あの……リチャードのせいじゃないし」

健一はなんてつまらないことを言ってしまったのかと、瞬時に後悔する。

原爆投下は無論、当時のアメリカ政府と軍関係者が決めたことであり、当時も現在も民間人には無関係の事実である。リチャードが責任を感じる必要などまったくないのだ。

二人の間に微妙な気まずい雰囲気が流れている。

「でも……今、こうして僕たちは、一緒にこの広島に居るんだよね」

リチャードがかみしめるように言った。

「そうだね。僕たちは、僕たちの時代を生きている。当時とは何もかも違うんだから」

健一の正直な思いだった。

アメリカが一つの戦略として原爆を使ったことは事実である。さらに、それによって多くの広島市民が命を奪われ、さまざまな後遺症に苦しみ、君子のようにつらい思いをしてきた日本人が数多く居ることも、紛れのない事実である。しかし少なくとも健一の世代で、原爆投下によってアメリカに対して反感を持っている人間は、ごく一部ではないだろうか。むろん、苦しい時代をくぐり抜けてきた人々の思いは、また別ものなのかもしれないのだが……。健一はそう感じていた。

健一は、君子のアメリカに対する本音を測りかねていた。君子はジョンを助けようとし、遺言である手紙を今まで大切に保管している。そして、それをジョンの家族に渡せないでいることを、自分の罪であるかのように思い悩んでもいる。時の流れは、さまざまなことを歴史のほんの一場面に変えてしまうのかもしれない。

「僕は、リチャードが祖母と自分のためにこうして力を貸してくれることが、本当にうれしいし、そしてありがたく思っているよ」

健一は正直な思いを伝える。

「ありがとう、健一。そう言ってもらえると、アメリカ人として少しでも救われるような気がするよ」

リチャードも少し安堵したようだ。

健一は申し訳ない気がしていた。こんなにお世話になりながら、彼にそんな思いをさせるつもりなどまったくなかったからである。彼がアメリカ人であることすら、それほど意識していなかったのだ。

「じゃあ、さっそく準備に取りかかろう」

二人は君子の情報を基に、少しでも多くの、そして正確な情報が集まるようホームページの作成に取りかかった。その日は夜遅くまで作業を進めた。そして一週間後の日曜、博子はリチャードと一緒に健一の家に伺うことにしていた。君子に詳しい話を聞くためである。


「お母ちゃん、どうしよう……健一が彼女連れて来るって……」

洋子が朝からソワソワしている。

「そりゃあ、健一ももう大人なんじゃけえ、彼女の一人くらい居るじゃろう？」

君子は涼しい顔である。

「そう言うても、まだ大学生じゃし……それに、アメリカ人の留学生さんも一緒に来るんよ！うちゃあ、英語なんかしゃべれんし……」

洋子は台所と居間を行ったり来たりしている。

「留学生さんは日本語が上手じゃいうて聞いとるよ。それよりあんた、ちゃんと掃除したんね？」

君子の方がよっぽどしっかりしている。

「したわいね。昨日からうちゃあ、掃除ばっかりで腰が痛いわ……」

「そりゃあ、いっつもさぼっとるけえじゃ～」

君子はケラケラ笑っている。

「そんなことないわいね！　いっつもきれいにしとるわいね！」

洋子は鼻を膨らませている。むきになるときの洋子のいつもの癖である。

「お菓子は？」

「高木屋でショートケーキを買うとるよ」

「お茶はあるんね？」

「お中元で斉藤さんから貰ったトワイニングの紅茶があるけえ。ああ、でも留学生さんはアメリカ人じゃわ。紅茶でええんじゃろうか？」

洋子はまたあたふたし始めた。

「うちゃあ、なんか緊張するわ～」

「大学の友達を連れてくるだけじゃろう？　なんであんたがそんとに緊張するんね」

君子は少し呆れている。

「ほいでも、もし、結婚とか言われたら……うちゃあ、なんか頭が痛うなってきた……」

一人息子が初めて彼女を家に連れてくるのである。しかも、会ったこともないアメリカ人まで一緒なのだから、洋子の緊張も仕方のないことではある。

「あんたはほんまに心配性じゃのう。その女の子と留学生の彼はジョンのことで来てくれるんじゃけ、そんなに気を回さんでもええんよ」

君子の言う通り、二人はジョンに関する話をするために来るのである。

そのとき、玄関のインターフォンが鳴った。

「は、は〜い！」

洋子はバタバタと玄関へ向かったが、その声は完全に裏返っている。

「深井博子です」

薄いベージュの品の良いワンピースを着た博子は、やや緊張した面持ちで会釈した。

「ま、まあようこそ！　博子ちゃん？　いつも健一がお世話になっております。健一の母で、母でございます！」

洋子は顔を真っ赤にして挨拶する。

「リチャード・マクガレンです。お母さん、こんにちは」

リチャードが右手を差し出す。

「ハ、ハロ〜」

洋子はなぜか英語であいさつを返し、おずおずと右手を差し出すがまったく握手になっていない。

「母さん、何それ？」

健一はあきれた顔をしながら二人を応接間に案内する。

「お母さま、これ、よろしかったら」

博子はピエール・エルメのマカロンを洋子に手渡す。

「まあ、そんなに気を使わなくても……」

そう言いながら、洋子は博子の気配りがうれしかったのだった。


「うちゃあ、心臓が口から飛び出そうじゃった……彼女と外人さんが一緒に来るなんて、ほんまに、うちゃあどうしようか思うた……」

お茶の準備をするため台所へ戻ってきた洋子は興奮気味である。

「これ、彼女のお土産じゃと」

洋子はマカロンの包みを君子に手渡す。

「ほお、若いのにちゃんとしたお嬢ちゃんじゃねえ」

「高木屋のケーキで良かったかね？」

「あそこのケーキはおいしいんじゃけえ、大丈夫よ」

君子はてきぱきとお茶の準備をしていた。


「いらっしゃい、ようこそ」

お茶を運ぶ洋子の後ろに付いて、君子も一緒に部屋に入っていく。

「はじめまして、深井博子と申します」

博子は改めて立ち上がり、丁寧に挨拶をする。

「リチャードです。はじめまして」

リチャードも立ち上がって、頭を下げた。

「健一の祖母の君子です。二人とも今日は来てくれてありがとうね」

君子も改めて居住まいを正し、静かに頭を下げた。

「健一が女の子を家に連れてくるのは初めてなんで、みんな緊張しとるんよ」

君子は健一の方を見ながらちょっと意地悪く微笑む。

「もう、ばあちゃん、またいらんことを！」

健一は少し顔を赤らめ、リチャードは隣でにやにや笑っている。博子ははにかんだように、でもうれしそうに健一の方に視線を向けた。

「さあ、お二人とも召し上がってね。この辺のお店のケーキだからお口に合うかどうかねえ」

洋子はとっておきの苺のショートケーキをテーブルに並べる。

「ありがとうございます」

博子はハンカチを膝においてケーキを口にした。

「おいしい！」

博子はケーキを口にすると、うれしそうに微笑んだ。

「う～ん、おいしい！」

リチャードも甘党のようだ。

「ほうじゃろう、高木屋のケーキはうまいんじゃけえ」

君子はまるで自分のことのように自慢している。

「高木屋さんはね、もともとは和菓子屋さんなんじゃけど、今の息子さんが東京の何とかいう有名なお店で洋菓子も勉強して、なかなか評判がええんよ」

「そうなんですか。私、甘いもの大好きだし、和菓子も好きなんで帰りに寄ってみようかな」

博子は自他ともに認めるスーパースイーツ女子である。

「ほうね、博子ちゃんは和菓子も好きなんね。ほいじゃあ、後でおばあちゃんがきんつば持ってくるけん、食べんさい」

「ばあちゃん、もうええけん！」

健一は本気で嫌がっているのに、洋子が追い打ちをかけるように、

「そうそう、塩大福も絶品なんよ〜」

とスイーツ話を盛る。

「え〜、そうなんですか〜。私、塩大福も大好きなんです〜」

「ほうね。ほいじゃあ、うちが電話して取っておいてもらうけん、博子ちゃん、帰りに持って帰りんさい」

健一はスイーツ好きな女三人の前になすすべもなく、一人黙々とケーキを頬張るしかない。

リチャードに脇を小突かれても、健一は下を向いたままだ。

洋子が紅茶のお代わりを持ってきた頃、博子は静かに切り出した。

「おばあさまのお話、健一さんから伺いました」

博子は君子の目をまっすぐに見て、言った。

「私、何て言ったらいいか……安直に大変でしたねなどと言うことは失礼だと理解しています。私の祖母も今の河原町辺りで被爆して、六十歳でがんで亡くなりました。祖母は……祖母は戦争のこととか、原爆のことはあまり話したがらなくて、正直、私はあまり聞いたことがありません。何だか祖母の古傷に触れるようで……」

被爆者にとって、原爆のことは口にするのもおぞましい、つらい体験だったに違いない。事実、多くの被爆者はそのことをあまり語りたがらないのである。

リチャードは傍らで唇を噛んだまま、硬い表情で下を向いている。

「うちもね、原爆のことはこれまであんまり話をしたことはなかったんよ。あのときのことを思い出すと、なんかわからんけど、こう、胸の辺りが苦しゅうなって、息が詰まるような気がするんよ……」

君子は胸を押さえて言う。

「ただ、ジョン……ああ、私がお世話をしたアメリカの軍人さんのことね、彼のことはずうっとうちの胸の奥につっかえていて、どうにかせにゃあいけんって、ずうっと思っとったんよ」

君子が涙ぐむ。

「おばあさま……」

博子は君子の手をぎゅっと握る。

「ジョンはね、アメリカから随分と離れたこの広島の山の中で、一人ぼっちで、うちの目の前で死んでいった。どんなに悲しゅうて、寂しゅうて、つらかったじゃろうかと思って……あのときのことを思うと、うちゃあ、ほんまにつろうてね……」

君子が低く嗚咽する。

「ほいでもね、うちゃあ、ジョンの最後の願いをなんとかかなえてあげとうて。この何十年もの間、このことを忘れた日は一日もなかったんよ。ほいでも、誰に相談すりゃあええんかわからんし、こんな話をしても、誰も信じてくれんじゃろう思うてね。毎日つらかったんよ……」

洋子も健一も、これまで君子のそんな思いにはまったく気付かなかった。

「ほいじゃけん、毎年八月六日に小さな祠にお参りすることしかできんかった。ジョンから預かった手紙は、うちが死んだら一緒に棺桶に入れてもろうて、うちがあの世に持っていってジョンに謝ろうと思っとったんよ……」

君子は絞り出すように言う。傍らの皆が言葉を失っている。

「私、どれほどお力になれるかわかりませんが、健一さんとリチャードさんと一緒に、できるだけのことをお手伝いさせていただこうと思っています」

博子は気丈に言った。

「私が通っている英会話スクールのアメリカ人の先生のおじいさんにあたる方が、当時横浜で軍関係のお仕事をなさっていたって伺って、その方に何かわからないか問い合わせてみようと思っているところです。おばあさま、できるだけ多くの情報を教えてください。絶対にあきらめてはだめです。私も健一さんも、絶対におばあさまの思いをかなえたいと思っていますから」

博子が力強く言う。

この女性のどこにそんな強さが秘められていたのか……健一はこれまで見えなかった博子の一面を知ったような気がしていた。

「君子おばあちゃん、僕もアメリカの大学の先生や先輩を通じて、外務省関係などを当たってみます」

リチャードも心から協力してくれている。

「博子ちゃんもリチャードさんも、ありがとうね。ほんまにありがとね。その気持ちだけで十分よ。健一がいろいろやってくれているのはよくわかっとるし、これがどんなに難しいことか、私が一番わかっとるけえ」

君子は自分に言い聞かせるように言った。

「君子おばあちゃん、あのう……」

リチャードがうつむき加減に言いかける。

「君子おばあちゃんは、やっぱり、アメリカ人は嫌いですか……？」

健一と博子は思わずリチャードの顔を見る。リチャードはぎゅっとこぶしを握り、下を向いたままだ。そして、続けた。

「アメリカ人の中には、今でも原爆の是非についていろんな議論があります。あの時代を生きた人の中には、原爆投下の正当性を主張する人も大勢います。でも僕たちの世代には、むしろその意見は少数派になってきています。実際、若者の半数近くは原爆投下は間違いだったと言っているのです」

そこに居合わせる皆が、言葉もなくリチャードの言うことをただ聞いている。

「でも、どんなに間違いだったと言っても、原爆が投下されたことは事実です。それで、こうして……こうして君子おばあちゃんのように、今でも苦しんでいる人が居る……青くさいとか、弁解がましいとか思われるかもしれませんが、それでもなんか、ごめんなさい……」

おそらく、リチャードのように考えるアメリカの若者は例外かもしれないと健一は思った。彼は今こうして広島で暮らし、広島でヒロシマを学んでいる。だからそう思い、そう感じたのだろう。アメリカで暮らし、アメリカの大学で学んでいたとしたら、そのように考える機会も、瞬間すらないのかもしれない。

彼の人生に広島での生活がどう影響しているのか、健一は考えあぐねていた。

もし自分がアメリカに留学して向こうの大学で勉強していたとしたら、自分は日本人であること、そしてヒロシマの人間であることを、これまで以上に意識するのだろうか。今まで、そんなことなど考えたこともなかった。

「でも、僕のアメリカの友人はこう言うんです。それは俺たちのせいじゃないしって。そうなんです、自分たちのせいじゃないんだけど。でも何というか……反対だって言うのは簡単なことです。無責任に核兵器廃絶を訴えることも簡単なことです。なぜなら、倫理的にそれに反対する人はおそらく居ないし、それで自己陶酔する人だって居ないわけじゃない。でも、現実はそうじゃない……」

リチャード自身、自分のさまざまな思いに戸惑っているのだ。

「今、君子おばあちゃんのために僕が何ができるか、正直にはわかりません。それが申し訳なくて……」

リチャードはそれ以上言葉を続けることができなかった。

健一がネットで調べた中では、アメリカの十代や二十代の若者の約半数は原爆投下は間違いだったと考えているが、三割の若者は正しかったと考えていると記載されていた。年齢層が高くなればなるほど、正しかったと考える人の割合は高くなるとも書かれていた。

戦勝国の、そして原爆投下を行った国の国民としてはそうなのかもしれない。健一はアメリカ人が考えることに頭では部分的に理解できても、心の中に釈然としない怒りにも似た複雑な思いを、どうしても拭い去ることができずにいる。

そんな中、君子が口を開く。

「リチャードさん」

君子はやさしくリチャードの手を取る。

「うちはね、そりゃあ原爆でつらい目に遭うた。大事な人もたくさん失うた。親友の文ちゃんも、英子おばちゃんも、そしてジョンも……。そりゃあ、原爆は憎いで。でも、アメリカの人も戦争でようけ死んだんじゃろう。硫黄島やら、フィリピンやらで激しい戦闘があったことは、当時の人間ならみんな知っとる」

リチャードは下を向いたままだ。

「おそらく、ジョンと同じくらいの兵隊さんも何人も亡くなったんじゃろう。そして、その兵隊さんにも親や兄弟や愛しい人が居ったに違いない。その人らも、うちと同じようにつらい思いをしたんじゃろう。悪いのはアメリカでもアメリカ人でもない。戦争が、戦争が悪いんじゃ。ほいじゃけん、リチャードさん、そんなふうに思わんといてくれんね。

うちゃあ、ばかじゃけん、戦略とか難しいことはようわからん。ほいでもね、戦争だけは絶対に繰り返さんようにしてくれんさいよ。そして、核兵器を人間に対して使うことはうちらで最後にしてくれんさい。平和公園の記念碑に書いてあるじゃろ。過ちは繰り返しませぬからと。絶対に戦争はしちゃあいけんのんよ。そして、いつまでも健一の良い友達でおってくれんさいよ」

君子はやさしくリチャードに語った。リチャードは涙をこぼし、何度もうなずいている。

その後、博子とリチャードは改めて君子の話を詳しく聞き、情報を整理した。気が付くと夕方近くになっている。夕食を食べていきんさいという君子の誘いを丁重に断り、二人は家を後にした。

「今日はいろいろお話を伺えて良かったわ。お母さまもおばあちゃまも、本当に素敵な方ね」

博子はわざわざ家まで届けてくれた高木屋のお土産の紙袋を大事そうに抱えている。リチャードは気を利かせて先に電車に乗って帰っていった。

「今日はありがとう」

健一は少し改まって言ってみる。

「もう、何よ?　他人行儀だわね」

博子が健一の脇腹を小突く。健一はそんな博子の気持ちが内心うれしかったのだが、あえて平静を装うことにした。

「私も亡くなった祖母のことを思い出して、なんだか胸が苦しくなっちゃった。健一から聞いた話の概略はこの前、英会話スクールの先生に伝えてはあるんだけど」

博子は君子からさらに詳しい内容を聞き、なんとか君子の思いを遂げさせてあげたいと改めて思った。平和な時代に生を受けた自分にとって、とても理解しがたい事実であることは自覚しているが、それでも君子の無念な思いは、同じ女性として痛いほど理解できるのだ。

「ありがとう。ばあちゃんも元気そうにしてはいるけど、この前に言ったようにまだ病み上がりだし、もう結構いい歳だからね。なんとか思いをかなえてあげたいんだ」

夕方になり少し冷たくなってきた風に、健一はジャケットのボタンを閉めて襟を立てる。

「私、健一のそういうやさしいところ、大好きよ」

博子は健一の手をさりげなく握る。健一は何も答えずにその手を強く握り返した。

健一はリチャードの協力で出来上がった記事を、自分のフェイスブックやツイッター、インスタグラム、そのほかすべてのSNSやツールを使い、考えられるだけのメディアに掲載していった。

毎日、さまざまなサイトに投稿を繰り返し、毎日、メールをチェックする。それでも、当然のことながらなかなか返事は来ない。相変わらず、いたずらや迷惑系のメールの数も半端ない。それでも健一は、メールをひとつひとつ、来る日も来る日も繰り返しチェックしていく。それでも、中には温かい励ましのメールもあり、感動したというメールもたくさん来ていた。作り話だろうという中傷メールもやはり数多くあるのだが。

「なんだ、これ!? ばかにしやがって!」

インターネットは便利なものだがその分、残酷なものでもある。署名や文責もないメールや書き込みには心ない辛辣《しんらつ》な嫌がらせもあり、健一は何度も心が折れそうになった。そんなメールが来ていることなど君子に伝えられるはずもなく、健一は失意の日々をやり過ごすしかなかった。

それから一週間が過ぎ、二週間が過ぎたが、これといった進展はない。ジョンの手紙に書いてあった住所にも問い合わせてみたが、すでに別の家族が住んでおり、ジョン一家のその後の手がかりは得られなかった。ときどき遠慮がちに経過を聞きにくる君子の姿を見ると、そして支えてくれる友人たちの温かさを思うと、なんとしてもジョンの家族を探し出してあげたいと、健一は強く思うのだった。ついには友人たちの協力により、アメリカの多くのサイトにも日米学生会議を通じて記事が掲載された。

後期の講義が始まり、健一も少しだけ忙しくなり始めた。

庭の銀杏の葉が秋色になって散り始めた頃、博子から新しい連絡が入った。英会話スクールの先生の祖父の方は、やはり戦時中、アメリカ空軍の大佐だったのだ。そして九十歳を超えた現在も、ワシントン郊外でご健在であることがわかった。そして、君子とジョンの話を聞くと非常に感動され、快く協力を申し出てくれたのだった。

その方は、戦時下の記録を国立アメリカ空軍博物館の知人に頼んで調べてくれた。もちろん、公にはできない資料やなくなってしまった資料も多かったようだが、幸いにも、ジョンが所属していた部署の記録は奇跡的に残っており、現在のジョンの親族に連絡を取るようアプローチしてくれたのだ。

その年の最後の弓道部の練習の後、袴姿にダウンジャケットを羽織った健一と博子は、大学生協の自販機の前で冷えた体を温かいコーヒーで温めていた。

「今年の練習も今日で終わりか〜」

「そうねえ。でも健一、今年は頑張ったじゃない！」

「そうでもないよ～」

健一は少し照れた表情を浮かべる。中四国医学生弓道大会で初めて準優勝することができたのだ。

「ちょっとだけ格好良かったわよ」

博子はからかうような顔をしている。

「なんだよ～、ちょっとかよ～」

「十分でしょ！」

博子はかわいい顔をして、それでもなかなか辛辣だ。

二人がコーヒーを飲み終えた頃、

「あれから、何か連絡はあった？」

博子は少し遠慮がちに尋ねる。有力な情報がなかなか得られていないことは、健一の様子からわかっていた。

「いや、今のところはまだ何も……」

相変わらずいたずらや迷惑メールは山のように届いているが、肝心のジョンの親族からの連絡はまだなかった。

「なんとか、うまく連絡が取れればいいんだけど……」

「そうだね。後は、天命を待つしかないかな」

健一は祈るような思いだった。

「大使館とか領事館はどうだったの？」

「全然、駄目。相手にもしてくれないよ」

「まあ、仕方ないのかしら……」

役所なんてどこでもそんなものだと二人は思っている。

一方、リチャードは出身大学であるアメリカのＵＣＬＡの恩師のつてをたどってくれ、国務省などに問い合わせをしてくれていた。多くの人たちが君子や健一のために動いてくれている。日本人であることもアメリカ人であることも関係なく、君子の思いをかなえるためにみんなが協力してくれている。そのことが、健一にはこの上なくうれしかった。

「きっと、天国のジョンがうまく取り計らってくれるわよ」

博子は自分自身に言い聞かせるように呟く。

「うん、俺もそう願ってる」

少し冷えてきたと思ったら、今年二回目の雪が舞い始めていた。


年が明け、学校の冬休みも終わった。

健一は二月の後期試験に無事合格し、三月に入るとまだまだ寒さは続いていたが、それでも日差しは少しずつ柔らかくなってきていた。

そんなある日の午後、一通のメールが健一のパソコンに届いていた。それは、初めて見るメールアドレスで、迷惑メールではないアドレスのようだ。メールの内容を読んだ健一は、転げ落ちそうになりながら階段を駆け下り、君子の部屋に向かう！

「ばあちゃん！　来た！　来た！　ばあちゃん、来た！」

健一の随分な慌てぶりに君子も洋子も何事かと顔を出す。

「ばあちゃん！　来たんよ！」

「健一、何が来たんね？」

洋子が尋ねる。

「あんた、頭がおかしゅうなったんじゃないんね？」

あきれたように言う洋子を健一は無視して、

「ばあちゃん！　マリアの孫じゃいう女性からメールが来たんよ！」

「ほ、ほんまね⁉」

君子も驚いたように部屋から出てくる。

健一はパソコンをリビングのテーブルの上に置き、メールを開いて見せる。それは、キャサリン・トンプソンというロサンゼルスに住む二十歳の女性からのメールだった。

「健ちゃん、何て書いてあるん？」

英語でびっしり書かれたそのメールは、君子や洋子が読めるはずもない。健一は二人にゆっくりと説明していった。

親愛なる健一へ

フェイスブックの記事、拝見しました。私はキャサリン・トンプソン、ロサンゼルス郊外のパサデナに在住する女子大生です。薬理学を専攻しています。

自分の大伯父であるジョン・トンプソンが先の戦争で戦死したことを祖母のマリアから聞いて知っていました。どうやら日本で戦死したらしいことは聞かされていましたが、詳しくは聞かされておらず、私自身、それほど興味があったわけではなかったので、それ以上のことはありませんでした。

しかし、先日、国立アメリカ空軍博物館の学芸員の方から連絡を受けました。そして、健一のフェイスブックの記事を見て、ジョンという兵士の写真を見た瞬間、私は雷に打たれたような気がしました。なぜなら、昔、祖母が見せてくれた大伯父その人だったからです！

ジョン・トンプソンは祖母の兄にあたります。残念ながら、ジョンの両親はだいぶ前に亡くなっていますが、祖母のマリアは、今も私たち家族と一緒にパサデナで暮らしています。この話を祖母にすると、「とても信じられない。でも、キミコさんにぜひお会いしたい」と申しております。しかし、祖母は脳梗塞の後遺症で左の手足の麻痺があり、日本に行くことは難しい状態です。もし可能なら、キミコさんにアメリカに来ていただくことはできるでしょうか？キミコさんもご高齢だと思います。もし体の状態が許せば、ぜひ実現することを願っています。良いお返事をお待ちしております

キャサリン・トンプソン

健一はにわかには信じがたいメールの内容を、興奮した声で読み上げた。

キャサリンが大伯父であるジョンの戦死について、それほど興味を持たなかったことは自分たちの世代にしてみれば、ごく当たり前のことだと思った。健一自身もこれまで、戦争のときの祖母や祖父の生活について想像すらしたこともなかったからだ。自分から進んで話を聞こうとしたこともなかった。広島という、極めて特別な場所に住んでいるにも関わらず……。

健一は全身に稲妻が走るのを感じていた。言いようのない興奮が全身を包んでいる。

「ほいじゃが……そのメール、ほんまじゃろうか？」

なかなか良い知らせが届かない中で、君子は最近、少し気弱になっていた。にわかには信じがたい様子をしている。

健一も最初は同じ感じがあったのだが、このメールはこれまでのいい加減なものとは何かが違うという確信が、どこかにあったのだ。根拠は何もなかったが、そんな直感が健一を包んでいた。

メールにはきちんと送信者の住所が記載されており、そして、何よりマリアと思われる年老いた白人女性の写真と、さらに、ジョンらしき若い兵士と幼いマリアの古いツーショット写真が添付されていたのだ。そして、マリアはジョンの妹であることが明らかに記載されていた。

「ばあちゃん、マリアはジョンの妹じゃったんじゃね……」

「妹……」

君子は、ジョンが残した古い写真と添付された写真を見比べながら、静かに呟いた。

「ちょっと、よう見せてみんさい」

洋子がパソコンを覗き込む。

「ちょっと待ちんさい、拡大してあげるけん」

健一は添付された写真のジョンの顔の部分を拡大する。

「ジョンじゃ……」

君子は一瞬で涙を浮かべた。

「ばあちゃん！　やったね！　ジョンの家族が見つかったじゃん！」

「ほんまかね……」

「ほんまよ！　ばあちゃん、やった！」

健一も泣いている。

「健一、すぐ返事しちゃりんさい」

洋子が泣きながら健一に催促する。

「マリアは……マリアは生きとるんね？」

君子は心配そうに尋ねる。

「うん。生きとるってメールには書いてある。一九三〇年生まれじゃけえ、そうじゃ、ばあちゃんと同い年じゃ！」

「ほんまね？　うちとマリアは同い年ね？　ほいじゃあ、マリアも昭和五年生まれね？」

二人は偶然にも同い年の八十八歳だった。そして君子にとっては、マリアも一九三〇年ではなく昭和五年生まれなのだ。

メールによると、マリアは二年前に脳梗塞になり左半身が不自由で車椅子生活であると書いてあるが、今は比較的元気にしている様子だ。もう一枚の添付写真を開くと、マリアとキャサリンの二人が笑顔で写っていた。かつてジョンと暮らした家はずいぶん前に処分し、現在はパサデナ郊外でキャサリンの両親と一緒に暮らしていた。

「かわいらしいお嬢さんじゃねえ」

洋子が覗き込む。

「ほんまじゃ、かわいい……」

健一は写真を拡大する。

「あんた、マリアさんを拡大せんと、キャサリンちゃんを拡大してどうするんね？」

洋子はあきれている。

「だって、ちょっとピンぼけじゃけ……」

健一は少し照れながらごまかす。

「博子ちゃんにちゃんと言わんといけんね！」

「すぐ、返信するけんね～」

健一は話をはぐらかすように続ける。

君子は大きくうなずきながら、

「これで手紙が渡せるね。健ちゃん、手紙を送ってくれる？」

と健一に伝える。

「ええけど、ばあちゃん、手紙は送るんでええん？　マリアさんに会って、直接手渡した方がええんじゃないん？」

健一は君子に尋ねる。

「会ういうて、アメリカじゃろ？　うちゃあ、そんな遠いところへはよう行かんわいね」

「でも、ばあちゃん、手紙を渡すってジョンと約束したんじゃろ？」

「ほいでも……」

「ばあちゃんは、マリアさんに会いたくないん？」

「そりゃあ、会いたいわいね。七十年間、ずっと忘れたことはなかったんじゃけん」

「ほいじゃあ、ばあちゃん、一緒に行こうや！」

「え？」

「俺が一緒に付いていくけえ、マリアさんにこの手紙、渡しに行こうや！　マリアさんも待っとるって言うとるじゃない？」

「ほうよ。お母ちゃん、行ってきんさい。健一が一緒じゃけえ、大丈夫じゃろ。今までつらい思いしたんじゃろ？」

　洋子も少し悩んでいたようだったが、涙声で君子に伝える。

「ほいでも……うちゃあ、マリアさんにどう言うて謝りゃあええか、わからん。マリアさん、なんでもっと早う手紙を渡してくれんかったんかと、怒っとりゃせんかの……ジョンのお父さんとお母さんが亡くなる前に、どうして渡してくれんかったんかいうて、怒っとるに違いない……」

　君子は涙ぐむ。

「ばあちゃん、何言うとるん？　マリアさんはすごい喜んで、ばあちゃんに会いたい言うてくれとるんよ。自分は脳梗塞で日本まで行かれんけえ、それでもばあちゃんに会いたい言うとるんよ。ばあちゃんが行って、手紙渡さんでどうするんね？」

健一は君子の背中をなでる。

「今は飛行機で直接行けるし、せっかく見つかったんじゃけえ！　それに、今行かんと、ばあちゃん、絶対後悔すると思うよ？」

何としても君子の秘めた思いをかなえてあげたい一心だ。

「そりゃあ、うちも行きたいけど……ほいでも、大丈夫かのう」

君子はそれでもやっぱり心配そうだ。

無理もない。今まで海外など一度も行ったことのない八十八歳のおばあさんなのだ。君子が本当はマリアに直接手紙を手渡したいことは、健一にはよくわかっていた。でも、アメリカに行くことの不安も理解できる。

それでも健一は、七十年がたとうとしている君子の思いをかなえるため、全力でサポートすることを心に決めていた。

「ばあちゃん、一緒にアメリカ、行こうや！」

健一は君子の背中を押す。

「うちゃあ、うちゃあ……」

君子は戸惑いながらも、

「うちゃあ、アメリカに行く！」

健一と洋子は思わず手を叩いた！

「うちゃあ、マリアに手紙を渡すんじゃ！　そしたら、うちの戦争が終わるんじゃ……」

君子は涙を浮かべている。君子の戦争は七十年たった今でも、まだ終わっていないのだ。


健一は早速、キャサリンに返信をすることから始めた。そちらの事情と、君子の健康状態が許せば自分が一緒に訪米し、マリアさんにぜひお会いしたいことを連絡したのだった。

しかし君子もかなりの高齢で、半年前に肺炎で入院もしている。決して無理はさせられない。しかし、七十年間秘めた思いに葛藤してきた君子の苦しみを、なんとしてもかなえてあげたかった。誰よりも思いを遂げたいのは君子自身であることを、健一は痛いほどわかっている。


話は、とんとん拍子に進んだ。向こうも大歓迎である連絡を受け、健一は早速、渡米の準備に取り掛かることにした。まずは君子のパスポートを取得することから始め、航空機の予約、ホテルの予約など、やることは山のようにある。洋子の知り合いの旅行代理店の担当者と打ち合わせを進めていく。

なにせ、君子が一緒なのである。とにかく無理のないスケジュールを作成し、万が一の場合のことも想定して予定を立てていく。もちろん、かかりつけの市民病院の担当医にも事の次第を説明し、全身状態を詳しく検査してもらい、お墨付きももらった。

「ばあちゃん、とにかく体調だけ整えておいてね。また風邪とかひいて、肺炎にでもなったら行かれんようになるけんね」

健一は事あるごとに君子の健康状態をチェックし、とにかく君子に無理をさせないように気を配った。

「わかっとるよ。ばあちゃん、最近、筋トレしよるんよ」

「ばあちゃん、頼むけえ、おかしなことせんでや。別にアメリカへ行くのに筋トレはいらんじゃろ？　転げて骨でも折ったら、それこそ大事じゃけん」

「ほんまよ。おかあちゃん、オリンピックに出るんじゃないんじゃけえ」

洋子も笑っている。

「ほうかのう～」

君子なりに渡米の準備を進めているようだ。近所でも自分がアメリカに行くことをうれしそうに話している。

高木屋の奥さんが、

「おばあちゃん、アメリカに行くとか言いよっちゃったけど、何かの間違いじゃろ？」

と洋子に聞いてきたらしい。

本当に行く予定であることを伝えると、やはりかなり驚いた様子だったようだ。

「ほんまね？　まあ、気を付けてってお伝えください。うちゃあ、ばあちゃん、ぼけちゃったんかと思うて、実は心配しよったんよ〜」

奥さんから言われて洋子は腹を抱えて笑ったようだ。

「まあ、ときどきとぼけたことは言いよるけどね〜」

洋子は笑いながら奥さんに答えた。

二人のやり取りを聞いた君子は、

「まあ、あの嫁さんも失礼なね！　うちゃあ、ぼけとりゃせんわいね！」

君子は本気で怒っているようだ。

「まあ、そんとに怒りんさんな。みんな、ばあちゃんのことを心配してくれとるんじゃけえ」

洋子が取りなすが、君子はまだブツブツ言っている。

「それより、ばあちゃん、ほんまに着物を持っていくん？」

健一が尋ねる。

「うん。マリアさんに会うときには、着物で行こうかと思うとるんよ」

「そりゃあ、ええけど、ばあちゃん、一人で着れるん？」

洋子が心配そうに尋ねると、

「洋子、あんた、誰に物言いよるんね。うちゃあ、着付けの師範の資格持っとるん、知っとるじゃろ？」

「そりゃあ知っとるけど。ほいでもばあちゃん、最近は後ろに手が回らんじゃろ？　大丈夫なん？」

「大丈夫！」

君子は譲らない。

君子はこの話が持ち上がってから、マリアに会うときは着物を着ることを決めていた。日本女性として、ジョンとの約束を必ず果たす覚悟を決めていた。七十年余前、互いに敵として戦ったアメリカと日本だったが、君子は一人の人間として、一人の日本人女性として、ジョンとの約束を、そしてジョンの遺言でもある手紙を絶対にマリアに渡すことを心に決めていた。

「まあ、なんとかなるじゃろ。俺が手伝うけえ」

健一は君子の凛とした顔を見て、その思いを本能的に感じていた。

「それなら、まあええけど。それにしても、ばあちゃんがアメリカに行く日が来るとは思わんかったね」

「ほんまにね。一番たまげとるんはうちじゃけん。ほいでも、健ちゃんがいろいろしてくれたけん、マリアさんにも会えるし、ジョンの手紙も渡せるし……うちゃあ、幸せもんじゃ」

「まあ、えかったね。風邪だけはひきんさんなよ」

洋子が君子を見つめていた。


「でも、本当に良かったわね！」

博子は健一の横を歩きながら呟いた。

三月初旬、夕方の比治山《ひじやま》公園はまだ肌寒い。二人の通う大学のキャンパスからほど近く、七十メートルほどの小高い丘になっている。頂上まで登ると美術館があり、市内が一望できる。桜の時期には多くの花見客でにぎわう界隈だ。曲がりくねった散策道の脇には、少しずつ芽吹き始めている桜が春の訪れを予感させ、街中とは思えない穏やかさに包まれている。

頂上まで上がると平和大通りが正面に真っすぐ伸びており、両脇には多くのビルが建ち並んでいる。平和公園の緑が遠くにあり、向こうには戦後立て直された広島城がそびえている。北の方向には新交通システムとして市民の足となっているアストラムラインの線路が見える。そして、再開発が進んだ広島駅周辺には高層ビルがいくつか建てられ、ヒロシマは完全によみがえっていた。多くの人たちの血のにじむような努力と平和を願う強い思いにより、ヒロシマは再生し、発展を続けている。それは、核兵器の暴力に対する、人類の英知による勝利だったに違いない。

夕陽にキラキラとさざ波をたたえる瀬戸内の海だけはいつも変わらず、やさしく穏やかに広島を見つめていた。

「こうして見ると、広島って意外と緑が多いわね」

博子が気持ち良さそうに背伸びをしている。

「そうだね〜」

健一はわざと後ろから、博子の両腕を押さえつけながら答える。

「もう！」

博子は口をとがらせている。

原爆投下後七十五年は草木も生えないと、マンハッタン計画に関わった科学者は言っていたが、投下の翌年には新緑が芽吹き、こうして今、ヒロシマは緑豊かな広島に生まれ変わったのだ。

二人は見晴らしのいいベンチに腰を掛ける。

「戦後七十年かあ。俺たちには考えもつかない時間の流れだったんだろうなあ」

健一は自分自身に問うように言った。

「そうね。戦時中のことなんて想像さえしたことはなかったし、それに、おばあちゃまとジョンのようなことがあったなんて、私、今でも信じられないわ」

博子は遠くを見ながら呟く。

「そうじゃね。でも、これは事実なんだ……」

そう口に出した健一ですら、本当に事実だったのかどうか、半信半疑な思いを払拭できないでいた。

「私、あんな怖いこと、絶対に嫌だわ……」

「俺だって嫌だよ。戦争だからって人を殺すなんて、到底考えられないよ」

「そうよね。健一は人の命を救うためにお医者さんになるんだもんね」

「そうだよ。父さんが交通事故で死んだときのことは正直、あんまりはっきり覚えていないけど、母さんがずっと泣いていたのだけは鮮明に覚えてる。だから、俺は事故や病気で亡くなる人を一人でも助けたいとずっと思ってたんだ」

「健一、おばあちゃまと同じことを言ってる」

博子が不意に言う。

「そうかな……」

健一は少しだけ戸惑う。

「そう、同じよ。おばあちゃまも、どうにかしてジョンを助けたいと思ったって言われてた。大けがをしたジョンを、どうしても助けたいって……」

博子は少し涙ぐんだ。

「もちろん、人には寿命や天命ってあるんだろうけど、弱った人を思いやり、支え合う気持ちはどこの国の人間も同じだと思う」

健一は誰にでもなく、自分に言い聞かせる。

「そうね、その通りだわ。世界中のみんながそう思えたなら、あらゆる戦争なんてなかったかもしれないのにね。それにしても、ジョンのご家族が見つかって本当に良かったね。これで、おばあちゃまの長年の胸の思いがほどけるでしょうから……」

博子の言う通りだと思った。

「これも博子のおかげだよ。ありがとう」

「私なんて、何もしてないわ」

博子は少し照れた表情を浮かべ、左手でほつれ毛を触る。実は健一は、博子のその仕草が何とも言えず愛おしいと感じていた。

「そりゃあそうと……キャサリンさんって、とってもかわいい子なんですってね～？　それも、私と同じ薬学専攻なんですって？」

どうやら君子から手紙の話を詳しく聞いたらしい。

「い、いや……まあ、普通のアメリカの女の子って感じかなあ」

健一はできるだけキャサリンに興味のないふりをする。

「ふ～ん。そうなんだあ」

博子は意地悪く健一の顔を覗き込む。肌寒い三月にも関わらず、健一の額にはうっすら汗が光っている。

「まあ、いいわ。お土産、よろしくね！」

なんだか高くつきそうだ……と健一は頭を抱えた。

二人は立ち上がり、登ってきた道を戻ることにした。

「でも、こうなることが運命だったのかもしれないわね」

博子がポツリと言う。

「運命かあ、そうかもね。俺たちが出会ったのも運命かな？」

「さあ、どうかしら？」

博子は意地悪く少しとぼけたふりをする。

やはり、女はずるいなあと健一は思った。自分の気持ちを知りながら、もてあそばれているような気がする。健一はふいに博子の前に回り込み、行く手を阻んだ。博子は驚いた顔をしたが、健一は博子の頬を両手でやさしく包むと、そっと唇を重ねた。博子は少しだけ抵抗したが、そのままそっと目を閉じた。


健一が春休みに入ってから、君子と健一はアメリカへ出発した。

洋子も一緒に三人は関西国際空港に向かう。広島駅には博子とリチャードも見送りに来てくれている。

「おばあちゃま、気を付けてくださいね。マリアさんとジョンさんによろしくね」

博子はお守り袋を君子に手渡した。

「博子ちゃん、ありがとね。うちゃあ、ほんまにうれしいわ」

君子は少し涙ぐんだ。

「おばあちゃん！　がんば！」

リチャードがガッツポーズしながら励ますと、君子もつられて小さくガッツポーズを返す。新幹線がホームから静かに動き始めると、博子は小さく手を振った。窓越しに、健一もうなずきながら手を振り返した。

新大阪駅で特急はるかに乗り換え、三人は関西国際空港に到着した。

「ほ～、大きな空港じゃの。広島空港とは大違いじゃ」

君子はきょろきょろと辺りを見渡している。

「おばあちゃん、そんなにうろうろせんとってや。アメリカに行く前に迷子になったらどうするんね」

健一は航空券を確認する。ＪＡＬのカウンターで手続きを終え、三人は出国ロビーへと向かう。洋子は君子にあれこれ確認をしている。

「ばあちゃん、パスポート、ちゃんと持っとる？」

「ここに入っとる」

「財布は？」

「ここに入れとる」

「スリに気を付けんさいよ」

「わかっとる」

健一は横で聞きながら苦笑いしている。

「健一、おばあちゃんのことを頼むわよ」

洋子はうれしそうに、それでもやはり不安そうにしている。

「大丈夫、わしが付いとるけん」

健一は自分に言い聞かせるように覚悟を決めていた。

君子の人生をかけた約束を果たすため、自分にできることを精いっぱい手伝おうと思っている。それが、これまで自分を可愛がってくれた君子に対する恩返しだと思っているし、何より、広島に生まれ育った自分の責務だとも思っていた。

洋子は搭乗口で小さくなっていく二人を、大きく手を振りながらいつまでも見送った。


二人を乗せたＪＡＬ便はその日の夕方、関空を飛び立った。高齢の君子のために予約したビジネスクラスでのフライトは、とても快適だ。君子は飛行機の中でご飯なんか食べられないなた。

どと殊勝なことを言っていたが、出された子羊のローストを何事もなかったかのように平らげた。

デザートのピーチムースを口に入れた君子は、

「飛行機のご飯もなかなか上手に作っとるの～」

などと感心している。

「ばあちゃん、何か落ちたよ？」

ハンドバッグからハンカチを取り出そうとしたとき、何かが滑り落ちる。

「ああ、こりゃあ大変大変……」

君子はかがんでそれを拾おうとするが食事用のトレイが邪魔でうまく拾えず、代わりに健一が拾ってあげる。

「何？　この古いお守り」

君子は大事そうに両手で受け取った。

「こりゃあの、武さんが洋子にくれたお守りなんよ」

君子はお守りを大事そうになでている。亡くなった父・武の名前を突然耳にした健一は、少なからず狼狽していた。

父が交通事故で亡くなったのは、健一が幼稚園のときだった。詳しいことは聞かされてこなかったが、君子が慌てた様子で幼稚園に迎えに来てくれ、その後は洋子が、ただひたすら泣いていることしか記憶にはない。そして、父は健一の前から突然、居なくなったのだった。

健一は動物園が大好きで、休みの日に父にねだって安佐動物公園によく出かけたものだ。洋子はあまり動物が好きではなかったため、父と健一の二人で出かけることも珍しくなかった。ゾウの檻の前では二人で手をぶらぶらさせてゾウさんの真似をし、猿山の前では父に肩車をしてもらってお猿さんの真似をしていた。そして、いつも園内のレストランで健一はお子様ランチを、父はカツカレーを食べる。途中、屋外のテラス席でソフトクリームを食べるのもいつもの決まり事だった。

健一にとって、父と二人で行く動物園は何物にも代えがたい楽しい時間だった。はしゃぎ疲れた健一は、帰りの車の中でいつも軽いいびきをかいて眠っていた。そんな健一を、父はこの上なく愛おしいと思っていたのだった。

しかし、別れは突然だった。

父は会社の営業車の助手席に座っていたとき、対向車線をはみ出して暴走してきたトラックと正面衝突し、そのまま帰らぬ人となったのだ。トラック運転手の居眠り運転が原因で、父の車側には何の落ち度もなかった。運転していた部下は奇跡的に軽傷で済んだようだ。その部下は武の死を自分の責任と精神を病み、その後退職し、自ら命を絶とうとした。そんな彼に、「武さんの分まで生きて」と気丈にも説得したのは、洋子だった。

洋子はその後、パートの仕事をこなしながら、年老いた義親の面倒を最期まで看続けた。君子が「それが嫁の務め」と洋子に厳しく諭したのだ。それでも、陰ながら洋子に金銭的に援助してくれていたことを、かなり後になってから姑の口から知らされたという。

「このお守りはの、結婚したての頃に武さんが出張先から洋子にお土産じゃ言うて、買うてきてくれたもんで、洋子にとっては武さんの形見みたいなもんなんよ。そんな大事なもんなのに、今回うちがアメリカに行くことになったとき、持っていきんさい言うて、うちに手渡してくれたんよ。武さんが守ってくれるけえ言うての……」

君子はお守りを取り出し、改めて大事そうになでた。そして、健一に手渡す。

「父さんの……」

おぼろげな父との思い出が脳裏をよぎり、健一は思わず涙ぐみそうになった。

縁《ふち》がほつれかけたそのお守りを見ていると、やさしかった父の顔が瞬間によみがえり、懐かしい匂いが健一を包み込んでくれるような気がした。もしも今、父が生きていてくれたら、自分たちはどんな人生を送っていたのだろう。健一はそんなことを考えていた。

「洋子は意地っ張りじゃけえ、人前では弱みは見せんけど、ほんまはやさしい、気の弱い子なんで」

君子は母親の顔になっていた。

確かに、今の洋子は、いや少なくとも自分の前では決して弱音など吐かない気丈な女性だ。しかし、時折見せる寂しげな顔を健一は知っている。幼い自分と年老いた義親を残して父が亡くなったとき、洋子はまだ四十歳前だった。どんなに心細く、悲しく、寂しかったことだろう。それでも洋子は、自分を一人前に育ててくれた。時に厳しく、時にやさしく、そして、いつも温かく自分を見守ってくれたのだ。

小学校の卒業式の日、洋子はパートの都合を無理にやりくりして来てくれた。大学の共通一次試験の当日には、朝早くから弁当を作ってくれた。医学部に合格した日、一緒に泣いて喜んでくれた。

面と向かってありがとうなどと言ったことは、今まで一度もない。それでも、健一にとっては誰よりも大切な母だった。もし父が生きていてくれたら、洋子はもっと気が楽だったに違いない。ここに至るまで、どんなに気を張って生きてきたことだろう。そう思うと、健一は胸が締め付けられるようだった。

「健ちゃん、洋子のこと、頼むね」

君子は静かに言った。

健一はなんだか、それが君子の遺言のように感じてこの上なく寂しい気持ちになり、曖昧にうなずくことしかできなかった。

ＣＡが食後のコーヒーを持って来てくれる。二つ前の席のアメリカ人らしき老紳士が、君子の方を興味深そうに見ている。自分と同じくらいの年齢の日本人女性は、機内に君子だけだったからかもしれない。老紳士は君子に向かって静かに微笑む。君子もそれに答えるかのように、やさしく微笑み返した。

「あの外人さんは、うちと同じくらいじゃろうか？」

「ほうじゃね、ばあちゃんくらいかね」

君子は箸を止め、

「ほいじゃあ、ジョンくらいかね」

とぽつりと呟く。

「そう、じゃね……」

「ジョンが生きとったら、あんな感じになっとったんかの……」

君子は寂しそうに窓の外を眺めている。健一は黙って、少し冷めたコーヒーをすすった。


飛行機は順調にロサンゼルス国際空港に向かっていた。

君子は横で軽くいびきをかいている。やはり、緊張続きで疲れているのだろう。

健一はウォッカトニックを飲みながら窓の外を眺めていた。眼下には幾重にも厚い雲が広がっている。

この広い空を、七十年前にジョンも飛んでいたのだろうか。

ジョンも白い雲を、どこまでも青い空を、そしてまぶしい陽の光を感じたのだろうか。

おそらく、今の自分と同じくらいの年齢だったはずだ。今の自分に、国のために命を懸けて戦う覚悟と勇気があるだろうか。到底、無理な気がする。それでも、自分は日本人としてこの国を愛する気持ちは人一倍強いと思っている。今の時代に必要な、日本人としての気概もそれなりに持っているつもりだし、次に生まれ変わるとしても、自分は日本人に生まれたいと思っている。

戦争なんか、ない方がいいに決まっている。しかし何かのために、自分なりの覚悟と勇気を持つことも必要なことだと思っている。平和理想主義者の耳触りが良いだけの無責任で空虚な話など、もう聞き飽きた。でも、微力でも平和のために力を尽くしている人のことを、無責任にあれこれ非難することにも大きな矛盾を感じる。自分に何ができるのか、自分は何をすべきなのかと自問自答したとき、健一は明確な答えを見い出せていない。そして、そんな自分に大きなジレンマを感じている。

七十年前、ジョンはこの空を飛びながら何を感じたのだろうか。

ヒロシマの街を見下ろしながら、何を思ったのだろうか。

自分なら早く故郷に帰りたいと思うだろうし、家族に会いたいと思うし、そして、人なんか殺したくないと思うだろう。

健一は座席のモニター画面のスイッチを切り、静かに目を閉じた。到着まであと一時間のアナウンスが流れる。君子はまだ熟睡していた。


「ばあちゃん、もうすぐ着くよ？」

「う、うん……？　どこへ？」

「もう、アメリカに着くよ」

「アメリカ？」

「もう、寝ぼけてから」

健一はあきれて笑う。

「ほうじゃった！　もう着くんか？」

「あと一時間」

「うちゃあ、ちょっと化粧を直してくるわ」

ばあちゃん、化粧直すんだ！　健一はちょっと微笑ましかった。おばあちゃんは……というか、女は死ぬまで女なんだなと、ちょっとかわいらしく思った。紅を引き直して席に戻ってきたおばあちゃんはどこか少し緊張気味で、そして、どこかしら凛として見える。

ロサンゼルス国際空港での入国審査で少しもたついたものの、なんとか無事に通過し、二人はタクシーに乗り込む。黒人の運転手はファンキーな黄色のパンクヘアで、君子は興味深そうにその頭を眺めている。彼はラジオの曲に合わせて楽し気に何か口ずさんでいる。信号待ちで車が止まったとき、君子がおもむろに彼の頭に触れた。

「Oh!」

彼は少し驚いたような顔をしたが、君子のキョトンとした顔に爆笑している。

「ばあちゃん、俺の頭、イカしてるだろ？」

彼は口笛を鳴らした。

健一は慌てて謝る。

「もう、ばあちゃん、駄目じゃん！」

「面白い頭じゃのう思うて、ありゃあ、カツラじゃろうか？」

君子はニコニコ笑っている。

「人の頭を勝手に触ったらいけんじゃろ？」

彼は微塵《みじん》も怒りもせず、

「観光かい？」

と尋ねる。

「ばあちゃんの古い友人に会いに来たんです」

「そうかい。昔の友達かい？」

「七十年前の友達なんです」

「俺には七十年後に友人が居るかな？」

彼は肩をすくめて笑う。

健一も、

「俺もわからないなあ」

と合わせて笑った。

二人は少し多めのチップを彼に渡し、タクシーを降りる。

彼は別れ際、

「ばあちゃん、七十年前の友達によろしく！」

と言ってクラクションを鳴らしながら走り去っていった。


「こりゃあ、立派なホテルじゃのう」

君子はロビーの広い吹き抜けを眺めながら感心している。今回は何かあったときのために、日系のホテルを予約していた。ここなら日本語も通じやすく安心できる。

「ばあちゃん、部屋に上がるよ」

チェックインを済ませた健一は、ロビーで座っている君子に声をかける。

「荷物はどうしたん？」

君子は手元に荷物がないことを気にしている。

「荷物はボーイさんが持って上がってくれるけえ、心配ないよ」

「ほんまね？　申し訳ないねえ」

君子は慣れない外国のホテルでまごまごしているようだ。

二人は部屋に入ると、ようやくひと息落ち着いた。

「はあ、くたびれたねえ」

君子はソファにどっと腰かける。

「ばあちゃん、お茶を入れたげるわ」

「お茶は仲居さんが持ってきてくれるじゃろ？」

「ばあちゃん、ここはアメリカじゃし、旅館じゃないんじゃけえ、仲居さんは居らんよ」

健一は吹き出しそうになった。

備え付けのポットにミネラルウォーターを入れ、持ってきた梅昆布茶を入れる。高木屋の奥さんが持っていきんさいと差し入れしてくれたものだ。昆布の良い香りが鼻をくすぐる。

「アメリカにも昆布茶があるんじゃのう」

君子が不思議そうにしている。健一は苦笑しながら説明するのをあきらめる。

「健ちゃん、ちょっとこれ見てえや」

君子は何か書いた紙を健一に手渡した。英語の挨拶文がカタカナで書かれている。

「こんにちは↓ハロー。おはようございます↓グッモーニン。こんばんは↓グッイブ。ありがとう↓サンキユー。お会いできてうれしいです↓ナイスツミッチュ」

君子も精いっぱい英語の勉強をしていたようだ。

「どしたん、これ？」

「ＮＨＫの英会話ラジオで聞いたんじゃけど、ようわからんかったわ」

君子は恥ずかしそうに言う。

君子も付け焼刃程度の英会話ではどうにもならないことはわかっていたが、それでも自分の口から、自分の言葉で思いを伝えたかった。

「健ちゃん、これがジョンの手紙ですいうのは、英語でどう言うん？　うちゃあ、やっぱり自分の手で手紙をマリアに渡したいけん」

「それはね……」

しばらく、健一の英会話講座が続く。君子は初めて英語を習う小学生のような真剣なまなざしで、健一が教えることを聞いている。

「挨拶みたいに短くないけえ、うちゃあ、覚えられるかのう……」

君子は不安そうにフレーズを何度も繰り返している。

「大丈夫よ、一晩練習すりゃあ」

「ほうかの？　本番は明日じゃけえの」

日本にいるときからもっと早めに言ってくれればよかったのにと思いながら、健一は君子のレッスンに付き合った。

小一時間ほど練習を続けると、西日が部屋の中に長い影を伸ばし、辺りには少しずつ夕闇が迫り始めていた。ホテルの部屋から見えるパサデナの街は茜色の宵をまとい、どこまでも広く、そして美しい。

「ばあちゃん、よう勉強したけえ、そろそろ晩ごはんを食べに行こうや」

「ほうじゃのう、今何時かの？」

「今、夕方の六時過ぎだよ」

「ほうね？　なんか、日にちやら時間やらがわからんようになってしもうたわ〜」

君子は初めて体験する時差ぼけに少し戸惑っているようだ。

二人はホテルのダイニングで夕食を取ることにした。健一は君子の体調を心配して和食のレストランにしようとしたが、君子はフレンチが食べたいようだ。

「ばあちゃん、そんな脂っぽいもんで大丈夫なん？」

健一が尋ねると、

「せっかくアメリカまで来とるのに、なんで和食を食べんにゃあいけんのね？　天ぷらやら刺身やらはもう飽きたわ〜」

君子はにやにや笑っている。

「それにね、うちゃあ、一回、フレンチいうのを食べてみたかったんよ〜。この前ね、ＮＨＫでタモリさんがおいしそうなフレンチを食べよったんよ！」

タモリさんのせいじゃあ仕方ない……。健一は自分を納得させて、最上階のフレンチレストランに向かった。

およそ二時間のフルコースを、君子はとても喜びながら楽しんでいた。

おそらく大きな緊張感でいっぱいのはずの君子が、ひと時でもリラックスした時間を楽しめたことが、健一にはうれしく、そして安堵した。少し甘めの白ワインも君子のおめがねにかなったようだ。

しかし、ソムリエにチップをはずんでいたのには驚いた。チップを渡すタイミングなど、どこで覚えたのだろうか。そういえば、最近、ＮＨＫのマナー講座の番組をよく見ていたらしい。

君子にとってのアメリカは、七十年の年月を経て、以前とは違うものになっているのだろうか。かつての敵国は戦勝国として統治国になり、今や同盟国という関係にまで発展している。動乱の時代を生き抜いてきた君子世代の人々にとって、アメリカという国に対する感情は、健一たちには到底、計り知れない。

はたして君子は、アメリカのすべてを許してここに来ているのだろうか。それでも、今回の訪米を心から喜んでいるようにも見える。戦争が人々に与えたトラウマについて、健一は考えあぐねている。

「はあ、ようけ頂いたね～」

君子は部屋に戻るやいなやソファにどっと腰かけ、お腹をさすりながら満足そうにしている。

「ばあちゃん、よう食べたね～」

本当に君子はたくさん食べていた。

健一はどちらかというと食の細い方だが、それにしても君子はよく食べる。健一はアメリカンサイズの肉厚なステーキを少し残したのだが、君子はぺろりとすべて平らげてしまった！時差ぼけも旅の疲れも関係ない。相変わらずたくましい人だ。

「ばあちゃん、お風呂の用意をしてあげるけん、先に入りんさい」

そう言って健一はバスタブにお湯を張り始める。

君子は興味深そうに広いバスルームを覗いている。

「大きな浴槽じゃのう。トイレが一緒になっとるのは、ちょっとどうかのう」

君子は初めての外国のバススタイルに、やはり戸惑っているようだ。

「ばあちゃん、体を洗うときにはバスタブの中で洗うんよ。外で洗ったらいけんよ。」

健一は念のため説明する。

「浴槽の中で洗うん？」

君子は明らかに怪訝そうに尋ねる。

「そうよ、アメリカではそうなんよ。外で洗ったら、水が下の階に漏れて怒られるんじゃけえ、気を付けてよ」

「へえ、なんか難しいのう……」

君子はやはり少し不満そうだ。

それでも君子は上手にお風呂に入り、続いて健一も旅の垢を落とす。健一がお風呂から上がると、君子は冷蔵庫の中のビールをおいしそうに飲んでいる。

「健ちゃんも飲みんさい」

君子はグラスにビールを注ぐ。

「チアーズ！」

二人はアメリカに無事到着したことに、そして、明日のマリアとの対面を祝して乾杯した。

「ああ、うまいのう！」

同時に口から出た二人は、顔を見合わせて大声で笑う。

「洋子は何しよるかのう？」

「そうじゃね、今日本は朝の五時くらいじゃけえ、まだ寝とるじゃろ？」

サマータイムのロサンゼルスと日本の時差は十六時間ある。

「ありゃあ寝坊助じゃけえ、まだ寝とるわ〜」

君子はいたずらっぽく笑う。

確かに、洋子は寝坊助である。洋子のおかげで健一も何度か遅刻しそうになったことがある。まあ同じ血を引いたのか、健一も同じく寝坊助なのだが。電話をしてみようかという話になったが、無理に洋子を起こすのも悪いと思い、お互いが時間の合う頃にした。

「ばあちゃん、疲れたじゃろ？」

健一は君子の肩に手をかけてみたが、肩が固く張っている。旅の疲れだろうか、いや、それだけではないような気もする。

「ばあちゃん、すごい肩が凝っとるじゃない？」

「ほうね？　いつもと同じじゃがね」

君子は少し照れているようだ。

「ああ、気持ちええのう……」

君子はじっと目をつぶっている。

「ばあちゃん、今回の話を初めて聞いたとき、すごいびっくりしたんじゃけえ」

健一は肩を揉みながら君子に語りかける。

「ほうね？　うちはね、この話は死ぬまで誰にもせずに、墓の中まで持って行こうと思っとったんよ」

君子は正面を向いたままだ。

「なんで？　もうちょっと早う言ってくれたら、もう少し早くアメリカに来れたかもしれんのに？」

健一の正直な思いだった。

「ほうじゃね。でも、うちにはつらい体験じゃったけえね……」

健一は配慮のない言葉を口に出したことをすぐに後悔した。君子にとって、思い出したくないつらい体験でもあるのだ。

「ばあちゃん、ごめん……」

健一は少し慌てて謝る。

「ええんよ。それに、こうやって健ちゃんがいろいろやってくれたおかげで、マリアのこともわかったし、こうしてアメリカまで来れたんじゃけえ。うちゃあ、幸せもんじゃ……」

君子は静かにうつむいた。

「ほうじゃ、ついでに、健ちゃんにこの話もしておこうかの。うちも、もうええ年じゃけえ、いつお迎えが来るかもしれんしね……」

君子は少しためらいながらも、意を決したように話し始める。健一は君子の肩に手を置いたまま、その話を聞く。

「戦争が終わってからね、うちはやっぱり、看護婦にはようならんかった。ジョンのことが頭にこびりついて、人が死ぬ現場に立ち会う勇気も気力もなくなってしもうた……」

君子の気持ちは痛いほどわかる。

健一も、医学部の臨床実習でこれまで数回、患者の死に立ち会う経験をしてきた。それは、やはり衝撃的なものであり、医師をめざす自分は厳粛に立会い、冷静に対応していかなくてはならない。恐ろしいことであり、気味の悪いことであり、そして、この上なく敬虔《けいけん》なものではないだろうか。健一はなんとなくそう感じている。

「うちは、その後、京都の短大に進ませてもらって、高校の家庭科の先生になった。それはそれでやりがいのある仕事じゃったし、生徒から先生、先生いうて慕ってもらえたのはとてもうれしかった。でも、どこか人の死には臆病になっとった。あれだけ多くの死に立ち会ってきたのにね。ばあちゃんは臆病者じゃ……」

君子が涙ぐむ。

「ばあちゃん……」

健一はかける言葉が見つからない。

「それからは人の死から逃げるように、病院には行きたくなくなったんよ。戦争いうのは残酷なもんじゃし、原爆は恐ろしいもんじゃった」

君子はさらに話を続ける。

「じいちゃんと結婚する前にね、ばあちゃんは京都の人とお見合いしたことがあるんよ」

もちろん初めて聞く話だ。おじいちゃんとは遠縁にあたり、親戚の紹介で結婚したということはちらっと聞いていた気がしていたのだが。

「短大時代の恩師が紹介してくれた人でね、国鉄に勤めとる人じゃった。ええ人で、うちはこの人と結婚するかもしれんと思っとったんよ。でもね……」

しばらくすると、君子は衝撃的な言葉を口にする。

「うちが広島の人間で、原爆に遭っていることが向こうの両親に知れた途端、話が破談になったんよ。原爆に遭っている女をうちの嫁として認めるわけにはいかんと言われてね……。残念なことに、お相手の男性も親の言いなりじゃった。原爆に遭った人間はピカじゃあ、伝染病じゃあ言われて、ろくに働くこともできん言われてね……。

子も産めんし、伝染するけえ近づくな言われて……。うちは、うちはつらかったよ……。原爆で大切な人をたくさん失ったこともつらかったけど、戦争が終わってからも、やっぱりつらいことばっかりじゃった……」

君子は低く嗚咽した。

健一は君子の肩を撫でてあげることしかできない。まったく根拠のない差別に、心の底から腹が立つ。

「その後、原田の大叔父さんの紹介でおじいちゃんと結婚することになったんよ。じいちゃんは、そりゃあやさしい人じゃった。顔は不細工じゃったけど、うちにはもったいないほどの良い旦那さんじゃった。いつもうちの体のことを心配してくれて、ほじゃけん、ばあちゃんも頑張って二人で会社を興して、頑張って、頑張って、そして頑張ったんよ」

二人が興したマツダの下請けの自動車部品の会社は、高度経済成長の波に乗り順調に発展した。最盛期には三つの工場を建てるまでになり、地域で社名を知らない人はいないほどだったそうだ。しかしその後、バブル経済の崩壊を経て、祖父の死後に経営権を信頼できる知人に譲り、その後は悠々自適の暮らしをさせてもらったという。洋子や健一が今、何不自由なく暮らせているのも祖父母のおかげなのだ。

「それでもね……洋子が生まれるまで、なかなか子どもができんでね」

君子はさらに話を続ける。

「洋子が生まれるまで、二回流産してね。原爆のせいかと思うて、うちは申し訳のうて死にたかったよ……それでも、じいちゃんが大丈夫、大丈夫言うて励ましてくれて、ようやく洋子を授かったんよ」

確かに、放射線は性腺に大きなダメージを与える。まして君子は、原爆が炸裂した瞬間に放出される初期放射線による直接被爆者であり、その影響は極めて大きかったことは間違いない。

「洋子を授かってもね、この子は無事に生まれてくれるじゃろうかと、実際に生まれてくるまで本当に心配じゃった。うちが戦争のときに多くの人を助けてあげられんかった罰として、自分は五体満足な子を産むことは許されんのじゃないかと、ずっと心配じゃったんよ……」

健一には信じられない言葉だった。

君子は被爆者であり、被害者である。何の罪もない民間人だった君子は一発の原子爆弾に襲われ、その運命を大きく狂わされたのである。君子だけではない。原爆は何の罪もない広島の二十万人もの人々の命を一瞬にして奪い、その後も何十万人という人間の運命を狂わせてきたのだ。何の罪もない人々がどうしてこんなにも、いつまでも苦しまなくてはならないのだろうか。

「ほいじゃけん、洋子が元気に生まれてきてくれたとき、うちゃあ、ほんまにうれしゅうてね。これでうちの役目は済んだって、思うたんよ」

健一は言葉を失い、いつのまにか泣いていた。

自分の祖母の身に起こったいくつもの信じがたい事実の前に、ただ無力でしかないことが悔しくてたまらなかった。

「ばあちゃん……わしは、わしは何にも知らんとこれまで生きとったんじゃね。平和ぼけして何も考えてこず、好きなように生きてきたんじゃ。ばあちゃんがそんなつらい思いをして、母さんを産んで、そして自分が生まれて、自分は何の苦労もなく育ててもろうて……それが当たり前のことじゃと思うとったよ……」

今を生きている若者たちは、ほとんどが健一と似たようなものだろう。それはそれで仕方のないことだとも思う。日本は戦後、国民の血のにじむような努力の結果、現在の発展した国をつくり上げ、そして、国民はその恩恵を享受することができている。今の若者に、戦時中の同世代の思いに共感したり理解することを求めるのは、まったく無理な話であり、無意味なことかもしれない。

しかし、時代は巡っていく。時は螺旋《らせん》階段を少しずつ上っていく。決して同じ時代はやって来ないが、人間は時として同じ過ちを繰り返してしまう。それは、神の警鐘であり、罰なのかもしれない。

人間が英知をもって同じ過ちを回避できるかどうか、それは誰にもわからない。それでも、同じ過ちを繰り返さないことを願い、そして力を尽くすしかないのだ。だから、広島の人々は「過ちは繰り返しませぬから」と誓ったのである。

「健ちゃん。今の話は、洋子には内緒じゃけんね。健ちゃんとうちだけの秘密にしといてね」

話し尽くした君子は初めて少しだけ笑う。

「うん、わかった」

健一も泣きながら、微笑む。

「戦争はもう、絶対にしちゃあいけん。絶対にいけんのよ……」

君子の重い言葉が健一の胸に深く突き刺さった。

翌朝、健一が目を覚ますと、君子はすでにベッドから起きて着物の準備をしていた。

「健ちゃん、おはよ」

「おはよう。ばあちゃん、早いねえ」

「ああ、なんか、あんまり寝られんかったよ」

「時差ぼけかね？」

「うちゃあ、ボケとりゃせん！」

君子はムッとして言う。

「違うよ。時差ぼけだよ。日本とアメリカじゃあ時間が違うけえ、体がついていかんちゅう意味よ」

「ほう、そのせいかね？　なんか頭が冴えてからね」

君子は今ひとつ納得していないようだ。

「さあ、ばあちゃん。今日は本番じゃけえ、頑張ってよ！」

「うちゃあ、なんか緊張してきた……」

君子は顔を軽くパンパンと叩く。

「大丈夫よ、手紙を渡すだけなんじゃけえ。取りあえず、朝ごはんを食べに行こうや！」

二人は一階ロビーわきのレストランブッフェに向かった。

「はあ、ようけ食べたわ〜」

君子は満足そうに食後のコーヒーをおかわりしている。昨晩はあれだけフレンチを平らげた

のに、恐るべき食欲である。

「ばあちゃんがようけ取ってくるけんよ〜」

君子は初めてのバイキングに大喜びで、いろんなものをたくさん取ってきていた。

「ほいでも、店の人がようけよそってくれるけん、断るのも悪いと思うてね」

「食べられる分だけ取ってこんにゃあ、足らんかったらまた取りに行きゃあええんじゃけえ」

「ほうじゃったんね。うちゃあ、一回しか行かれんのんかと思うての」

君子は少し不満そうだ。

「まあ、こんだけ食べたら、もう昼ごはんは要らんかもね〜」

健一は少しあきれ顔である。

「うちゃあ、腹が張ってからいけんわ。着物が着れるかいね……」

君子はお腹の辺りを苦しそうに触っている。

「もう、時差ぼけのくせに、ようそんなに食べられるね」

「うちゃあ、ボケとりゃせん！」

健一はもう何も言わなかった……。

部屋に戻り着物に着がえた君子は、次第に緊張してきていた。健一から習った英語のフレーズを、何度も繰り返している。

「ばあちゃん、リラックス、リラックス。そんなに緊張したら、向こうも緊張するじゃろ？今日は、ばあちゃんの願いがかなうめでたい日なんじゃけえ！」

そう話す健一も、なんとなく緊張の色が隠せない。

「ほうじゃね。うちの願いがかなうんじゃね。ジョンとの約束が果たせるんじゃな……」

君子は窓の遠くを見ながら言った。

「夢みたいじゃのう……。あのときのジョンの悲しそうな顔は、うちゃあ、絶対に忘れられんかった。ジョンは遺言をうちに託したんじゃけえ、うちは絶対に、絶対に約束を守らんにゃいけんのんじゃ……」

君子はハンカチを固く握りしめ、自分に言い聞かせるように言った。健一はそっと君子の肩を抱いたが、その肩は小さく震えていた。

「十時にキャサリンさんがここまで迎えに来てくれるけえ、一緒に行くけえね」

健一はお互いの緊張をほぐすようにわざと明るくふるまう。

「ほうね？」

それでも、君子の緊張は一段と高まっているようだ。

「ばあちゃん、わしが付いとるけえ。ジョンも付いとるんじゃけえ、大丈夫！」

「ほうじゃの。健ちゃんも、ジョンも付いてくれとるんじゃけえ、大丈夫じゃの！」

「そうそう、その調子！」

健一は無理に笑う。実は健一も、君子と同じくらい緊張しているのだが。

「さあ、健ちゃん、行くよ！」

君子は覚悟を決めたように帯をポンと叩いて気合を入れる。その姿は凛とした昭和の女に変わっており、これまで見たことのない君子の表情に健一は畏怖《いふ》の念すら感じた。


「Hi、Kenichi?」

君子と健一がロビーのソファで座って待っていると、ブロンド髪の若い女性が声をかけてきた。

キャサリンだ。

「イエス！　キャサリン？」

「Welcome to LA!」

キャサリンは健一にハグをして、頬同士でキスをする。アメリカ式の挨拶に慣れていない健一は、少しだけ頬を赤らめた。

「Hi! Kimiko?」

「ハイ！　キャサリン、ナイスツミチュ！」

「Oh! great!」

キャサリンは君子の頬にもキスをする。君子もキャサリンの頬にキスをした。

「健ちゃん、アメリカではこうやって挨拶するんで」

君子はいたずらっぽく笑っている。さすがのおばあちゃんである……。


君子と健一はキャサリンの運転する車で、パサデナ郊外にあるマリアの家に向かった。

カリフォルニアの空はどこまでも広く澄んでいて、どこまでも青い。空気はまだいくぶん冷たかったが、道路脇の木々たちは少しずつ春の装いをまとい始め、君子と健一を歓迎してくれているようだった。

車は都心部から北東に向かい、チャイナタウン界隈を抜けると、ドジャー・スタジアムを左手に見ながらハイウェイ110号線を北上していく。

「きれいなところじゃのう〜」

初春のロサンゼルスの街並みは、ビルや住居が立ち並ぶ広島市内の様子とはまったく異なり、アメリカ特有の広々とした解放感が垣間見える。道幅は広く、家々には塀もない。どの家にも広い芝生の庭が広がり、大きな邸宅が並んでいる。むろん、アメリカのすべての人々がこのように裕福なわけではない。貧富の差は日本以上に激しく、その日暮らしの人たちもかなり多いことも現実である。

緩やかな坂道を登り、パサデナのセントラルパークを過ぎると、さらに立派な住宅が並ぶ一角が現れてくる。そこから少し東に向かい、大きなカーブを曲がったところにマリアの家はあった。

車を降りると、カリフォルニア特有の爽やかな風が君子と健一を包む。広い芝生の庭の奥の建物は、ベージュ色の壁にツタの葉が鮮やかに絡み、屋根は品の良いえんじ色をしている。玄関脇にあるバラのアーチも見事の一言だ。

「ほう、立派な家じゃのう……」

君子は高い屋根を見上げながら呟く。

入り口近くの花壇にはオレンジ色のポピーが満開だった。ロスの爽やかな風に乗って、その甘い香りが二人を包む。君子はバックの中の手紙をもう一度確認し、健一は日本から持ってきたお土産の漆塗りワインカップと京染めのスカーフを持って、マリアの家の玄関に立つ。君子は改めて深呼吸をした。

キャサリンが入り口の呼び鈴を鳴らす。

「Come in〜」

涼やかな声がして、アンティーク調の大きなドアが開いた。

中には車椅子に乗ったマリアが待っていた。

マリアは美しい銀色の髪と青い目が印象的な、品の良い女性だった。脳梗塞の後遺症のため左の手足は少し動きが悪いようだが、それ以外はとても元気そうで顔色も良い。顔には深いしわが刻まれている。長くつらい時代をたくましく生き抜いてきた証であり、それは君子にも相通じるものがある。

「マリア……」

君子は彼女のもとへ吸い寄せられるように駆け寄る。マリアも君子の手を握り、二人は抱き合った。

そこには言葉の壁などなく、七十年の月日の隔たりも存在しなかった。二人は抱き合ったまま泣き崩れた。そして、いつまでも泣いていた。戦争という悲劇で引き裂かれた兄と妹、遠く離れたヒロシマの防空壕で偶然にも出会った空軍米兵と女学生、何もかもが遠い昔のことだが、それでも、二人にとってはつい昨日のことのようでもあるのではないか。二人は顔を見合わせていつまでも泣き続け、やがて、笑顔に変わっていったのだった。

暑くて汚い防空壕の中でつらい日々を過ごし、ジョンはどんな思いでこの世を去ったのだろう。米軍の兵士だったとはいえ、ジョンはまだ二十歳そこそこの若者だったのだ。どんなに怖くて、切なくて、悲しかっただろうか。縁もゆかりもない異国の地で、見知らぬ女学生に看取られ死んでいかなくてはならなかった、自分の運命を呪ったに違いない。

どんなにパパやママに、そして妹のマリアに会いたかったことだろう。戦争がなかったら、ジョンはどんな人生を送っていただろう。きっと、親孝行のやさしい息子であり、妹思いの素敵な兄だったことだろう。そして、素敵な女性と恋をして幸せな家庭を築き、今頃は孫やひ孫たちに囲まれて幸せな老後を送っていたのではないだろうか。

戦争がなかったら、戦争がなかったら……。

健一の胸は張り裂けそうだった。キャサリンも同じ思いに違いない。健一もキャサリンも、そしてそこに居合わせたマリアの家族も通訳も、皆がかける言葉が見つからないまま、ただ泣くことしかできなかった。

戦争は、人間からすべてを奪い去ってしまう。例外なく、あらゆる戦争はすべてを飲み込み、焼き尽くし、奪い尽くしてしまう。それが、たとえ取り返しのつかない大切な物だろうと、そこには何の容赦もないのだ。原爆投下が、当時のアメリカにとって戦略上、必要だったのかもしれない。原爆を投下しなければ、もっと多くのアメリカ人が、そして日本人が死んでいたのかもしれない。戦争は一刻も早く終わらせるべきだったこともよくわかる。しかし、人間に対して核兵器は絶対に使うべきではなかったのだ。

今、広島で暮らす人々やヒロシマに生きてきた人間で、アメリカのことを憎み謝罪を要求する人たちは、ごく一部であろう。しかし、ヒロシマにまつわる人たちは、核兵器を人類に対して使用することは絶対に誤りだったと確信している。ナガサキと共に唯一、被爆という悲惨な現実を経験したヒロシマの人間は今も、そして、これからも永遠にそう固く信じていくはずだ。

破壊から生まれるものは何もなく、戦争がもたらす幸福などありえない。健一は頬を伝う涙をぬぐうことも忘れ、強く確信するのだった。

マリアは左手が不自由であるにも関わらず、ハーブティーを丁寧に入れてくれた。庭で育てているハーブを摘み、一週間前から乾燥させ、今日のために用意してくれていたのだ。

「キミコさん、このハーブは私の自慢なのよ」

マリアは不自由な手ながら、自らハーブティーをサーブする。

「サンキユー……サンキユー……」

君子は何度も頭を下げる。

マリアはうれしそうな笑顔で君子にティーを勧める。

「ええ匂いじゃ……」

君子はカップを両方の手で丁寧に持ち、香りを楽しんでいる。

ひとくち口に含んだ君子は、

「ベリーグー！」

と親指を立てる。こんな仕草、どこで覚えたんだろうか……。健一は呆気に取られていた。

「Oh, Thank you!」

マリアも親指を立てて答える。

二人はまるで、何十年来の親友のように、あるいは姉妹のようにも見えるのだった。


マリアは自分の部屋から、古いアルバムをいくつも取り出してきた。

君子が何より驚いたのは、それらはまったく古ぼけてはいるのだが、カラー写真だったことだった。戦時中や戦後のアメリカは、やはり日本に比べて格段に豊かだったようだ。本土への攻撃もなく、当時のアメリカの人々はそれなりに恵まれた生活を送っていたのだ。

日本人が食うや食わずの生活を余儀なくされ、容赦ない空襲に逃げまどい、夜は光が漏れないように電灯にカバーをかぶせていた頃、アメリカではステーキが食され、日曜には教会に出かけ、家族でバーベキューを楽しみ、ハリウッドでは新しい映画が次々に制作され、街中のダンスホールやナイトクラブも賑わっていたようだ。

しかしトンプソン家では、出征していたジョンの身を案じる生活が続いていたのだ。それは、平吉が茂兄ちゃんを案じるように、文子が父の帰りを待つように、ジョンの無事な帰還を願っていたのだ。しかし、茂兄ちゃんも、文子の父親も、そしてジョンも家族のもとへ帰ることはなかった……。

戦場に赴いた戦士たちは、アメリカ人も日本人もただ過酷で虚しい時を過ごしただけだった。国のためにと戦っていた彼らは、何のために戦っているのかさえわからなくなり、そして、最期は家族のことを思い、泣きながら死んでいった。それは、アメリカ人も日本人も、そしてドイツ人もフランス人もイギリス人も皆、同じだった。

なんとか無事に帰還した人たちも大きなトラウマに悩まされ続け、人を殺したという大きな罪に一生、苦悩することになる。ヒロシマの人々が生涯、さまざまな後遺症に苦しんできたことと同じように、戦士たちは一生、戦場で味わった大きな恐怖から逃れることができず、そして、図らずも犯した自らの罪に恐れおののき続けてきたのだ。

トンプソン家は、ジョンの祖父も父親も地元で弁護士をしており、裕福な一家で何不自由のない生活を送っていた。ジョンは高校時代から成績も優秀で、アメフトのランニングバックとして活躍していた。そして将来は、父の跡を継いで弁護士になることを夢見ていた。父も母もそんな息子の将来が楽しみで、そしてマリアにとっては自慢の兄だったのだ。母はこの上なくやさしく、料理上手で、そして少し泣き虫な女性だった。ジョンとマリアのためにクルミ入りのクッキーを焼き、二人ともそれが大好きだった。週末にはチキンをハーブでグリルし、庭で採れた栗でスープを作ってくれた。しかし、そんな父も、母も、そしてジョンも、もうこの世には居ない。

二冊目のアルバムには、ジョンが戦争に行く前の家族の写真が並んでいる。

そこには、普通の家族の光景があった。小学生のマリアがレースの襟の付いたかわいい赤いワンピースを着て、白いふわふわの子犬を抱いている。ちょうど同じ頃、君子は継ぎあてをしたもんぺを着ていたような気がする。食べることに精いっぱいで、ただただ、つらい時代だったのだ。

ページをめくると、クリスマスの写真が出てくる。お店のディスプレーは戦時下とは思えない豪華な作りで、キラキラとした品物たちが天井まで うず高く積まれている。

マリアはジョンが大好きで、マリアの友達の間でもかっこいいお兄さんと評判だった。ジョンはいつもやさしく、そして素敵だった。マリアの誕生日にはいつも特大の花束をプレゼントしてくれ、マリアが母に叱られたときはやさしく話し相手になってくれた。夏にはバイクの後ろに乗せてくれ、友達と海まで遊びに行く。マリアはこんな日が永遠に続くと信じていた。もちろん、ジョンも同じだったに違いない。

しかし、戦争がジョンの未来を大きく変えてしまったのだ。戦火が激しくなると、ジョンは自ら志願してアメリカ空軍に入隊した。両親は反対したようだったが、それでも、若く気勢著しかったジョンは、アメリカのために戦うという強い意志を最後まで翻《ひるがえ》すことはなかったのだ。

マリアはアルバムのページをゆっくりとめくる。

入隊したてのジョンはまだどこかあどけないが、その眼には国のために戦うという強い意志が表れていた。ほかの隊員たちより少し背の高いジョンは、少し緊張した顔つきで列の後方に並んでいる。君子は、写真に写っているほかの若者たちもジョンと同じような運命をたどったのかもしれないと思うと、胸がひどく痛んだ。


ジョンの訃報がトンプソン家に届いたその日、カリフォルニアの空はどこまでも澄みきっていた。母は泣き崩れ、父は青い空をいつまでも見つめていた。マリアは母の背中をいつまでもなで続けた。

戦争は、勝者からも敗者からもすべてを奪う。容赦なく奪い去るのだ。そもそも、戦争に勝者とか敗者とかあるのだろうか。健一はふと、そんな思いに囚われていた。日本はその後、戦争を放棄した。いや、放棄させられた。そして、アメリカはその後も再び戦争を繰り返している。朝鮮戦争やベトナム戦争、湾岸戦争、イラン・イラク戦争……。そのたびに、多くの人々が命を落としてきたのだ。兵士であり、一般市民であり、老人であり、子どもであり、男であり、女であり、そして、誰もが尊い人間たちだったのだ。

ジョンの母はその後、うつ病を患い、長く闘病した。その間、自殺未遂を何度か繰り返したという。君子は自分の母親のことを思い出していた。ヒロシマで君子は死んだのだと絶望したとき、お母さんもジョンの母と同じく、自ら命を絶とうとしたことを聞いたときの衝撃が、まざまざとよみがえり、知らないうちに涙がこぼれていた。

わが子を思う母の気持ちに、国境などあるはずがない。ジョンの母は、テレビで戦争の話題が出てくるとすぐにスイッチを変えて、テレビから目を背けていたそうだ。そしてジョンの死後、軍から授与された勲章を手に取ることは、一度もなかったという。

ジョンの母が再び笑顔を取り戻したのは皮肉にも、アルツハイマー型認知症になったときだった。徐々に記憶を失っていき、自分だけの夢の中で生きていたのだ。おそらくそこには、在りし日のジョンがやさしく微笑んでいたに違いない。しかし、時に周囲が困惑するほど号泣することがあり、ジョンの名前をいつまでも呼び続け、涙を流し続けていた。現実に戻ることが、最もつらいことだったのかもしれない。

彼女は八十歳を目の前に、静かに一生を終えた。

眠るように逝った。その顔はとても穏やかで、どこか幸せそうだった。死ぬことはこの世との寂しい離別なのだが、彼女にとってはジョンとの再会がかなう喜びの方が、はるかに大きかったのかもしれない。マリアは棺の中に、家族の写真とともにジョンの昔の写真をそっと入れたのだった。

マリアはその後、父の事務所で一緒に働いていた同僚の弁護士と結婚し、二人で法律事務所を引き継いだ。三人の子宝に恵まれ、子どもたちはそれぞれ幸せな家庭を築いている。ちなみにキャサリンの父親はマリアの長男なのだが、彼も優秀な人権派弁護士としてこの地域で活躍している。住民からの信頼は厚く、今年から弁護士協会の副会長に就任した。


マリアは、君子の人生について遠慮がちに尋ねてみた。君子は臆することなく堂々と、自分が歩んできた道を話していく。

親友が目の前で死んだこと。

この世の地獄を見たこと。

ジョンと出会ったときの驚きや恐ろしさ、そして、哀れみ。

ジョンを一生懸命看護したこと。

それでも彼を助けられなかった罪の意識。

被爆者であるがゆえに差別を受けたこと。

夫と巡り合い、懸命に子育てをし、会社を興して盛り立てたこと。

夫が臨終のときに「君子と人生を歩めて良かった。わしは幸せ者じゃ」と言ってくれたこと。

健一が医学部に合格してうれしかったこと。

健一とキャサリンが自分とジョンのために懸命に手を尽くしてくれたこと。

そして今日、こうして念願がかなったこと……。


君子はひとつひとつ丁寧に語っていった。そこには、アメリカに対する恨みなど微塵もなく、ただ懸命に生きてきた君子の人生のすべてがあった。

マリアは君子の手を握り、ひとつひとつの話に大きくうなずきながら、涙をこぼしていた。勝者でも、敗者でもなく、そこには、同じ時代を生きてきた二人の女の人生があった。ただ、それだけなのだ。

「こんなに多くの人に助けてもろうて、うちゃあほんまに幸せもんじゃ……」

最後に君子はそう言うと、深く皺が刻まれた顔をくしゃくしゃにして笑っていた。

第二次世界大戦後のアメリカは世界の覇者として君臨し、アメリカの人々は大きな自信と誇りを持ち続けてきたに違いない。敗戦から血のにじむような苦労の末、現在のような先進国に発展を遂げてきた日本とは、何もかもが異なるのだ。

勝者と敗者、そこには大きな隔たりがあった。それでも、家族を失ったトンプソン家の悲しみとヒロシマの悲しみには、いささかの違いはなかったのだ。

君子は戦後、多くの日本人たちが歩んできた道をいささかも卑下《ひげ》することなく、一人の日本人女性として堂々と、自らの生涯を披露したのだ。健一はそんな君子が誇らしかったが、それと同時に、自分のこれまでの人生を振り返ると、少し恥ずかしくなっていた。

マリアはジョンの出征直前に庭で撮った家族写真を、君子に見せた。

「みんな、逝ってしまったわ……」

マリアは遠くを見ながら呟く。

「そうね……でもね、マリア。私たちにはこんな素敵な孫がいるじゃない？」

君子は健一の頭を撫でる。

「その通りだわ……」

マリアもキャサリンを抱き寄せた。

「まあ、私も、もうすぐみんなに会えるけどね」

マリアはいたずらっぽく笑う。

「うちもまもなくお迎えが来るけん、そしたら、またジョンに会えるんかね？」

君子は真面目な顔をして呟いた。健一は少し寂しかったが、君子のその生真面目な表情を見ると少し滑稽《こっけい》に感じ、微笑んでいた。

「もちろん！　君子と私が同時にジョンの前に現れたら、彼はどんな顔をするかしら？　きっとびっくりして、腰ぬかしちゃうかもね！」

二人は大笑いしている。

やはり、君子をここに連れてきて本当に良かった。健一は改めて思った。


マリアと君子は少女のように語り合った。部屋の隅にある大きな古時計が時を刻んでも、いつまでも二人の話は尽きることはなかった。

健一は、パサデナのどこまでも爽やかな空の彼方に、ジョンが微笑んでいる姿が見えるような気がした。

三冊目のアルバムを見終わった頃、君子は意を決してハンドバッグから、ジョンから預かった手紙を取り出した。そして、震える手でそれをマリアに渡す。

「マリア、ジスイズジョンズレーターフォーユー……」

君子は何度も練習したフレーズを、一生懸命にマリアに伝えたのだった。

「Oh, My God!」

マリアは震える手で、どうにか手紙を受け取った。そして、胸に押し当てて涙を流している。

「John……」


親愛なるパパ、ママ、そしてマリアへ。


僕は今、不覚にも日本のヒロシマという場所で人生を閉じようとしています。

アメリカ空軍の兵士として情けない限りです。乗っていた戦闘機は日本軍に撃墜され、僕はかろうじて命を取り留め、この土の穴の中に隠れています。アメリカのためにもっと戦って、国のために尽くしたかったです。

けががひどく、おそらくもう生きてアメリカに帰ることはできないでしょう。パパに、ママに、マリアに、もう一度会いたかった。抱きしめたかったし、抱きしめて欲しかった。ママのポトフがもう一度食べたかったし、パパと乗馬もしたかった。マリアをバイクの後ろに乗せて、サンタモニカの海まで遠出したかった。でも、もう、それはできそうにありません。

今、日本人の若い女の子が僕の面倒を見てくれています。マリアと同じくらいのまだ幼い小さな女の子です。名前はキミコといいます。

なぜ、彼女が僕の面倒を見てくれるのか、正直、わかりません。言葉は通じません。でも、彼女は一生懸命、僕の世話をしてくれています。彼女はイモを炊いてくれ、僕に食べさせてくれます。僕の傷の手当てもしてくれます。どこからか薬とか包帯とかを手に入れてきて、一生懸命、看護婦のように治療してくれます。僕は小さな看護婦さんと呼んでいます。どうやら、彼女は僕をかくまってくれているみたいです。どうしてそんなことをしてくれるのか、わかりません。でも、今の僕には彼女だけが頼りです。最近、彼女は少しだけ笑顔を見せてくれるようになりました。僕も、少しだけ笑うことができるようになりました。

残念ながら、傷の具合は思わしくありません。痛みもあまり感じなくなってきています。熱のせいだと思います。でも、その方が楽なような気がします。パパもママも心配するだろうから、傷のことは書きません。

戦争はもう嫌です。情けない息子と叱ってください。でも、僕はもう戦争は嫌です。人を殺すのは、もう嫌です。そして、人が死ぬのを見るのはもう嫌です。

いつの日か戦争が終わって、またパパとママとマリアと一緒に楽しく暮らしたかった……。

僕はこんなところで死にたくなかった。この手紙をいつの日か、パパとママとマリアが見る日が来るのでしょうか？　僕はキミコに、この手紙を届けてくれるように頼みました。それがとても困難なことであることはよくわかっています。でも、今の僕にできることはこの手紙を書くことだけです。そして、この手紙が届けられることを信じています。

僕はもうすぐ、神様のもとに召されるでしょう。どうか、僕のことを忘れないでください。そして、もうこれ以上、僕のような思いをする若者が出ないような平和な世界をつくってください。僕の最後のお願いです。

パパとママとマリアに、神のご加護がありますように……

ジョン・トンプソン

君子の戦争が、今、終わった。

「こ〜ら、健太！　そんなに走っちゃダメでしょ！」

博子は今年四歳になる息子の後を慌てて追いかける。

令和に入って初めての八月六日、健一と博子は長男の健太を連れて平和記念式典に参列していた。健太はうれしそうに公園の芝生を駆け回っている。洋子は少し後ろから、君子のお気に入りだった藍色の日傘を持って、初孫の姿をにこにこと眺めている。

「お母ちゃん、今年も八月六日は暑いよ……」

洋子は眩しそうに白い雲を仰ぐ。


君子は二年前に旅立った。洋子と健一と博子と、そして初ひ孫の健太に看取られて、穏やかに、静かに眠りについたのだった。

式典が終わった後、四人は誰も口に出すことなく、当たり前のように元安橋のたもとへ赴く。健太は買ってもらった小菊を大事そうに抱えながら、四人は雁木への階段をゆっくりと降りていく。健太が転ばないように、そして最近、膝が少しだけ悪くなってきた洋子を気遣いながら。

「健太、ここにお花を供えて」

健太が花を祠のたもとにゆっくりと供える。

洋子と健一、博子が手を合わせると、健太も神妙な顔をして小さな手を合わせた。かしましいアブラゼミが鳴きやんだ頃、洋子がゆっくり腰を上げる。

「さあ、うちゃあトイレにも行きたいし、なんか冷たいもんも飲みたいけん、いつもの店に行こうかね」

そう言うと、くしゃくしゃの笑顔を三人に向けた。

「もう、お母さんたら！」

博子が軽くにらんで、そして微笑んだ。

八月六日の広島の空はどこまでも青く、そして広かった。

おわりに

戦争は人々に計り知れない試練と、そして傷跡を残す。肉体的なものだけでなく、精神的にも大きなダメージを与える。戦争によって手にすることができる名誉や勲章など、いったい何の意味があるのだろうか。それでも、人間たちは戦争を繰り返してしまう。覇権のため、領土のため、金のため、宗教のため、そして、ゆがんだナショナリズムのために。異なった多くの国々が存在する限り、地球上から戦争はなくならないのかもしれない。それは、太古の昔から争いが途絶えなかった人類の歴史が物語っている。

おそらく、現状のままでは核兵器がこの世からなくなることはないだろう。国連でどんな決議が採択されようとも、現在、冷戦中のどちらか一方の国が地球上からなくならない限り、核兵器を超越するさらに強力な兵器が開発されない限り、核戦争によって地球が消滅しない限り、核兵器はなくならないだろう。これを明確に否定できる論理は見当たらない。人類は、このまま破滅への道を進み続けるのだろうか。それは、神の意地悪な導きなのか、人間の愚行に対する罰なのか。

日本で「反戦運動」などの言葉を口にしたなら、いかにも左翼的で、反体制的な危ない人間と思われるにちがいないが、それはこれまでの歴史がそうさせてしまうのかもしれない。極端な反政府主義者やテロリスト、周辺の反日国家に支援を受けてきた勢力の多くが、表向きは反戦や反核を掲げながら、裏では悪しき企てを繰り返してきた過去がある。しかし、それらのために反戦や反核活動を真摯かつ、真っ当に取り組んできた人々までが、白い目で見られることなどあってはならない。

原爆によって苦渋を経験してきた先達の多くは、それらを語りたがらない。私の祖父も祖母も叔父も、皆そうだった。

「う〜ん。ひどかったのう……」

それだけ言って口をつぐみ、遠くを悲しそうに見つめる目をする彼らに対し、私はそれ以上、何も話を聞くことができなかった。

それでもやはり、後世に伝えていかなくてはならない悲惨な事実に対し、私たち広島市民はどう向き合っていけばよいのだろうか。正直、私は長年分からないでいた。語り部たちの役割はとても貴重で大切なものだと思うし、当時の人々の話を聞きながら原爆の絵を作成している高校生の活動なども素晴らしいと感じる。しかし、はたして自分に何ができるのだろうか。

私は、過去に対する憎しみの連鎖に縛られることではなく、未来志向であるべきと思っている。戦争には勝者も敗者もない。皆が犠牲者なのだ。私はただ、その思いをこの拙著に刻みたいと思った。おそらく、ヒロシマやナガサキの被爆者たちは、私の父も含めて皆がそう遠くないうちに旅立ってしまうだろう。人間に寿命というものがある限り、それはいかんともしがたい事実なのだ。私はただ、新たな被爆者が生まれないことを切に願うばかりである。

「安らかに眠って下さい　過ちは繰返しませぬから」

この言葉が持つ深くて重い意味を決して忘れることなく、後世に史実を伝えていくことが、ヒロシマ市民の務めと私は強く思う。

原田クンユウ

装幀／スタジオギブ
本文ＤＴＰ／濵先貴之
編集／石浜圭太
校正／竹島規子

原田 クンユウ（はらだ くんゆう）

1963 年東京、目黒区生まれ。広島市育ち。1989 年広島大学医学部医学科卒業、1995 年広島大学大学院医学系研究科修了。日本学術振興会特別研究員として悪性脳腫瘍の研究に従事。医学博士。ドイツ政府国費留学生（DAAD）としてハノーファー医科大学留学。脳神経外科専門医として広島、福岡の病院で活躍。広島県内島しょ部の公立病院にて病院長として地域医療に従事。多くの患者から支持を受ける。2016年覚せい剤取締法違反で執行猶予付きの有罪判決。浄土真宗本願寺派中央仏教学院にて親鸞聖人の教えを学びながら社会復帰し、現在、広島県内の病院にて脳神経外科医・リハビリテーション科専門医として活躍している。医師・宗教家の立場から、薬物犯罪者や HIV 感染患者の社会復帰支援、LGBT に対する差別撤廃に尽力している。著書に『蒼い月』(幻冬舎)、『輪舞曲 ── Zellen』（南々社）。「びんご経済レポート」(備後レポート社) にエッセー「おやじの放浪記」を好評連載中。

太陽の破片

2021年 6 月 25 日　初版第一刷発行

著　者　原田 クンユウ
発行者　西元 俊典
発行所　有限会社 南々社
　　　　広島市東区山根町 27-2　〒 732-0048
　　　　電 話　082-261-8243
　　　　FAX　082-261-8647
　　　　振 替　01330-0-62498

印刷製本所　モリモト印刷株式会社

ISBN978-4-86489-131-8